지금, 여기에서
곡란골 일기

지금, 여기에서 곡란골 일기

지은이 | 천영애

초판 인쇄 | 2023년 11월 1일
초판 발행 | 2023년 11월 3일

펴낸이 | 신중현
펴낸곳 | 도서출판 학이사
출판등록 | 제25100-2005-28호

대구광역시 달서구 문화회관11안길 22-1(장동)
전화_(053) 554-3431, 3432   팩시밀리_(053) 554-3433
홈페이지_http://www.학이사.kr
이메일_hes3431@naver.com

ISBN_979-11-5854-462-1   03810

지금, 여기에서
곡란골 일기

천영애 산문집

學而思 | 학이사

지금, 여기에서

사람의 존재는 '지금, 여기'에서 규정되는 경우가 많다. 어디에서 어떤 시간을 보내고 있는지는 그 사람의 존재성을 드러낸다.

짐승은 몸을 다치면 굴속에 숨어서 먹는 것도 작파하고 치유될 때를 기다리며 웅크리고 있다. 앓는 소리도 내지 않고 완전한 침묵 속에 침잠해 버리는 짐승은 그렇게 스스로를 치유한다. 아픈 짐승의 '지금, 여기'는 자기 존재의 회복을 위해서 필요하다. 짐승은 본능적으로 그걸 알고 그렇게 다시 살아난다.

도시를 버리고 시골로, 그것도 하루에 버스가 서너 번 다니는 시골에 터를 잡기로 결심한 것에는 나의 아픔이 컸다. 항암을 해야 하는 몸 상태도 그랬지만 도시에서 사람에게 치이며 다친 상처들도 컸다. 특별한 장소에서 특별한 시간을, 그것을 나는 짐승의 시간이라고 표현하지만 그런

시·공간이 필요했다.

곡란골에서 나는 제일 먼저 텃밭을 만들었고, 원래부터 있었던 사과밭에서 일을 했고, 마당의 잡초를 뽑는 것으로 하루를 시작했다. 아파트라는 허공에 뜬 집에서 갈 곳이 없었던 몸은 흙에 발을 디디면서 다시 강한 생명력을 회복하기 시작했다. 벌레에 물린 팔에는 두드러기가 돋았고 얼굴도 검게 타기 시작했지만 나는 그것이 좋았다. 화학비료와 약을 잘 치지 않는 텃밭의 채소는 남들의 반밖에 자라지 않았지만 먹을거리로는 충분했고 무엇보다 맛이 있었다.

나의 사랑스러운 텃밭은 몸과 마음의 치유에 최고의 동반자였다. 씨앗을 뿌리고 싹이 돋고 자라는 텃밭의 채소들은 보는 즐거움을 먼저 선사했고, 먹는 재미가 보는 재미보다는 덜했지만 마치 시장에 가듯이 텃밭의 채소를 뜯어와서 상에 올리는 즐거움은 이곳이라서 가능했다. 정기검진을 위해 병원에 가면 주치의는 늘 "지금처럼만 하입시더."라고 했다. 지금처럼만! 회복이 어려울 것으로 봤던 주치의로서는 나의 회복이 기적처럼 느껴졌을 것이고, 의술을 모르는 나는 그것이 모두 주치의 덕분이라고 했지만 치료 도중에 삶의 터를 옮긴 것은 아름다운 의술에 신의 한 수를 더한 것 같다. 내 몸이 살기 위해서 나도 모르게 짐승의 굴을 찾았던 것이다.

다시 도시로 돌아가고 싶은 생각이 없냐는 질문을 가끔 받는다. 나는 도시인인가? 그곳이 내가 살아야 할 곳인가. 그 질문을 던지는 이들은 불편하지 않냐는 말을 덧붙이는데, 불편하다는 것은 어떤 것을 의미하는가라는 근원적인 질문을 나 스스로에게 가끔 한다. 곡란골에서의 생활이 불편한가. 적막함에 외로워서 불편한가, 그런 물음에 대해 나는 단호히 불편하지 않다고 대답한다. 도시의 복잡한 길을 운전하는 것보다 훨씬 편하고, 무엇보다 이곳에서 나는 외롭지 않다. 타인은 나의 지옥이라는 사르트르의 말이 아니더라도 타인으로 인해 겪은 불편함이 시골에서의 적막함보다 더 크다. 적막함은 내가 스스로 찾아 즐기는 것이지만 예고 없이 찾아드는 타인의 불편함은 때로는 지옥이기도 했다.

어디에 사느냐는 문제는 각 인간 개체의 성향에 따라 달라진다. 도시의 호화로움을 좋아하는 사람이라면 도시에서 살아야 하고, 시골의 적막을 좋아하는 사람이라면 시골에 사는 것이 좋다. 그러나 다만 벌레 따위에 내가 질

수는 없지 않은가. 몸을 움직여 풀을 뽑는 일은 노동이라고 생각하면 노동이고 놀이라고 생각하면 놀이이다. 그런 일들은 다행히 내게는 놀이이고 내 몸과 영혼이 건강해지기 위한 수단이라고 여긴다.

언젠가부터 우리는 도시로만 몰려들었다. 돌이켜 보면 산업화 시대, 굶주림에서 벗어나기 위해 농사를 버리고 도시로 갔던 농민공 후손들의 DNA가 본능적으로 시골을 거부하는지도 모른다. 그러나 가장 내 몸에 가까운 삶, 흙과 풀과 나무와 짐승과 인간은 어울려 살아야 하는 존재이지 서로 터부시해야 할 존재는 아니다.

나는 아직도 짐승이 생존을 위해 굴을 찾듯이 이 곡란골에 있다. 살아난 짐승이 숲을 버리지 않듯이 나도 '지금, 여기' 있다. 스스로 찾아든 적막과 밤의 어둠과 숲과 들이 나를 살게 할 것이라고 믿기 때문이다. 무엇보다 내가 지금, 여기 있을 수 있어 인생이 안온하다.

2023년 11월
천영애

차례

봄

여름

가을

겨울

봄

공간은 사람에게
아무 말도 하지 않는다

때 아니게 공간이 의식을 지배한다는 말이 유행하고 있다. 맞는 말이다. 그래서 우리는 자기에게 맞는 공간을 찾아서 많은 시간을 보낸다. 우리가 살고 있는 집부터 수없이 많은 카페 등 우리의 삶은 시간과 공간 그 자체이다. 어떤 공간에 들어섰을 때 느끼는 기분 좋음과 기분 나쁨은 무의식중에 우리가 공간의 지배를 받고 있음을 의미한다.

시골에 거처를 마련하려고 했을 때 내 머릿속에는 일정한 공간의 이미지가 있었다. 적요롭고 건물들이 많지 않은 곳, 마을에 속해 있되 마을과 일정 거리는 떨어져 있으면 좋겠다고 생각했다. 그 공간 속에서 내가 이루고 싶은 의식의 세계가 있었기 때문이다. 그런 공간이 아니면 내가 이루고 싶은 의식은 만들지 못하는 것일까. 꼭 그런 것만은 아니다. 그러나 그런 공간이 있다면 훨씬 좋을 것이다.

일전에 어떤 건축가와 인터뷰를 하면서 좋은 공간이란 어떤 것이냐고 물어본 적이 있다. 그 공간 안에 들어갔을 때 보이는 외부 환경이 좋으면 좋은 공간이란 답이 돌아왔다. 의외였다. 나는 늘 내가 서 있는 곳에서 바라볼 때 좋아 보이는 곳이 좋은 공간이라고 생각했는데, 그 답은 내가 그 공간 안에 들어갔을 때 주변이 좋아 보이는 곳이 좋은 공간이라는 것이었다. 보이는 곳과 보는 곳은 서로 대칭적이다. 우리는 보이는 그곳을 동경하지만 공간으로서 좋은 곳은 그 좋은 곳이 보이는 내가 있는 자리, 바로 그곳을 좋은 곳이라고 했던 것이다.

그 말은 시골집을 찾을 때 큰 도움이 되었다. 경치가 좋아서 들어가 본 곳은 의외로 보이는 경치가 좋지 않거나 산이 너무 가까이 막고 있는 경우가 허다했기 때문이다. 그 건축가의 말처럼 보기에는 그리 좋은 곳이 아니다 싶어도 막상 그곳에서 보이는 풍경이 좋은 곳도 있었다. 지금 내가 살고 있는 집은 후자이다. 어느 누구도 이곳에서 바라보는 경치가 그렇게 좋을 것이라고는 생각지도 못했다는 것이다.

생각해 보면 나는 내가 있는 공간을 넓게 조망하지 못한다. 그저 거주할 뿐이다. 거주하는 공간에서 보이는 풍경들이 좋아야 하는 이유이다. 집을 보러 왔을 때 멀리서보고 별로라고 생각했는데 막상 이 집 안으로 들어왔을때 보이는 풍경은 그럴 수 없이 좋았다. 멀리서 내 집을보고 살 것이 아니라면 당연히 집에서 보이는 풍경이 좋아야 하는데 그 중요한 것을 간과하고 있었던 것이다.

그러나 사람이 전적으로 공간의 지배를 받아서는 안될 것이다. 특히나 거주하는 곳은 살면서 만들어 가는 환경도 중요하기 때문이다. 그곳에서 어떤 마음으로 살아가느냐가 더 중요하다. 사실 공간의 느낌이란 것은 느끼는 사람마다 다를 수밖에 없다. 시골에는 빈집이 많은데이 각자의 빈집의 사연을 모두 아는 사람은 오랫동안 마을에서 살아온 사람들이다. 그러나 그 사람들은 빈집의사연을 외부인에게 잘 말해 주지 않는다. 자식들이 잘되어서 흥성한 집이 있는가 하면 그야말로 쫄딱 망한 집도많다.

내가 아는 어떤 집은 몇 대가 부자로 살다가 최근 들어서 완전히 망해 버렸다. 그 집이 매물로 나왔는데 그 사연을 모두 알고 있는 나는 그 집이 싫었다. 튼실한 나무로 잘 지은 그 집은 비록 세월에 시달려 낡긴 했지만 리모델링만 그럴듯하게 하면 넓은 터에 한적하고 고즈넉한 분위기를 풍길 것은 틀림없었다. 최근에 그 집에 젊은 부부가 들어왔다. 자기들의 취향대로 집을 꾸미고 그 젊은 부부는 별 탈 없이 조용하게 잘살고 있다. 전적으로 공간의 지배를 받는다면 그 집에는 더 이상 사람이 살 수 없어야 한다. 그러나 그런 집은 없다. 거기에 사는 사람이 중요할 뿐 공간이 사람보다 더 중요한 것은 아니다.

대통령의 집무실이자 거처인 청와대 이전 문제로 몹시도 소란스러웠다. 한낱 서민의 집인 누옥도 이사를 하려면 최소한 몇 달이 걸리는데 우리나라의 상징과도 같은 청와대 이전에 두 달이라니 어이가 없을 뿐이었다. 굳이 청와대에 입주하지 않겠다는 개인적인 이유야 있을 것이지만, 대통령 당선자가 한 말인 "공간이 의식을 지배한다."는 말에서 그간의 사정을 짐작할 수 있었다. 그러니까 바꾸어 말하면 의식이 공간의 지배를 받는다는 말인데 한낱 건물에 불과한 청와대에 의식이 지배받을 정도의 심약한 대통령을 뽑았나 싶은 의문이 든다. 공간은 사람에게 아무 말도 하지 않는다. 다만 사람이 공간에 대해 이러쿵 저러쿵 할 뿐이다.

별이 반짝이는 밤에

신기하게도 하늘의 달은 하나인데 보는 장소에 따라 풍경은 달라진다. 지명에 달 월(月) 자가 들어간 곳에 보름날 가보면 다른 곳보다 달의 풍경이 훨씬 좋다. 그래서 그런 곳에 둥근 달이 뜨는 밤이면 혼자 가만히 가서 소슬하게 내리는 달빛을 즐기다 올 때가 있다. 달은 어느 곳에나 뜨지만 그 달이 이 달은 아니다.

곡란골의 달은 어떤 날은 집 뒤 산에서 둥실 떠오르기도 하고, 어떤 날은 서쪽 용산 옆구리에서 작은 얼굴을 부끄러이 보일 때가 있다. 보름달이 산 위로 둥그렇게 뜨는 날은 마당에 앉아 한참을 올려 보다가 자리 들어가는데 새벽에 잠이 깨어 창으로 난 하늘을 올려다보면 어느

새 달은 마당 위에 떠서 사위를 하얗게 비추곤 한다.

그러나 달이 없는 밤이면 달이 밝히던 그 하늘에는 별빛이 반짝인다. 수없이 반짝이는 그 별들을 올려다보면 그리운 이들이 하나둘 스쳐 가는데 나이가 들어서인가, 그리움은 아련한 슬픔으로 번져간다.

저 하늘에는 별이 총총하고 내 마음에는 도덕률이 있다는 칸트의 말도 하늘의 별빛을 올려다보면 공허해진다. 이 산골에서 도덕률이 무슨 의미가 있겠는가, 개념없는 직관은 맹목이고 직관 없는 개념은 공허하다고 칸트가 말했지만 밤하늘의 별에는 개념이 없고 직관만이 빛날 뿐이다.

곡란골로 들어오면서 나는 세상의 모든 개념으로부터 벗어나고자 했다. 오직 직관만이 나의 의식을 관통하기를, 그리고 내 안에서 머무는 것 없이 흐르는 별처럼 모든 것이 지나가기를 원했다. 개념이란 얼마나 공허하던가. 인간이 만들고 숭배하는 그 개념은 시간이 흐르면 바뀔 것이고, 사라질 것이다. 그러나 직관만은 밤하늘의 별이나 달에서 나의 가슴으로 꽂혀 드니 나는 오직 직관만을 사랑하는 것이다.

언젠가 지리산에서 밤을 새우며 난상토론을 벌인 적이 있었는데 새벽이 되자 문득 수많은 언어의 개념으로 희미한 여명이 감싸고 있는 지리산을 어찌 표현할 수 있겠는가 하는 각성이 왔다. 자연은 개념을 가지고 있지 않고 언어를 품고 있지도 않았다. 돌아오는 길로 나는 언어의 난해한 개념들을 모두 버렸다. 밤새 불꽃 튀듯 나누었던 대화들은 새벽의 여명 앞에서 의미 없는 말들이 되어 버렸던 것이다.

내가 살아갈 시골의 터를 찾을 때 누구나 그렇겠지만 나 역시도 몇 가지의 고려 사항이 있었다. 우선 밤이 되면 천지 분간을 못 할 정도로 캄캄해지는 곳, 더불어 완전한 적막이 대지 위로 내려앉는 곳, 집은 단출한 단층집이면 좋겠고, 기왕이면 나무로 지은 집이라면 더 좋을 것이다. 사람들의 내왕이 번잡하지 않도록 마을에서 살짝 떨어지면 좋을 것이고, 고요는 타인에 의해서 자주 깨어지지 않으면 더 좋을 것이다. 곡란골은 그 모든 것을 충족시켜 주었고, 예상하지도 않았는데 달빛은 아름다웠고 그믐날 무렵이면 별이 총총 빛난다. 완전한 적막이 어둠과 함께 내려앉아 내가 내 몸을 의식하지 않아도 좋은 곳이다.

해 질 무렵이면 동네 골목에는 아주머니 두어 분이 수다를 떠는데 심심하면 슬며시 끼어들어도 된다. 적막하되 외롭지 않고, 고요하되 우울하지 않다. 사람으로부터 멀어져 있되 단절되지 않았고, 자연과 친하되 침잠하지는 않는 것이다.

한낮의 고요가 정점에 달할 때쯤이면 앞 들판에서 경운기 소리가 들린다. 내려다보면 마을은 깊은 적막에 든 듯하지만 과수원마다 사람들이 있고, 들판의 곡식들은 때맞추어 익어 간다. 딱 이 정도의 적막, 더하거나 뺄 것도 없는 고요와 소란이 날마다 곡란골에 펼쳐진다.

그러다 밤이 되면 그 모든 소란은 완전한 적막 속으로 자취를 감추고 캄캄한 대지 위에는 별이 빛난다. 소란스럽게 놀다가 저녁때가 되면 엄마가 부르는 소리에 모두 집으로 돌아가던 어릴 적의 추억이 그 적막에 소환된다. 아이들이 사라진 골목은 순식간에 조용해지고 불이 켜진 집에는 두런두런 사람의 말소리가 들리던 그때, 나는 그때의 시간을 찾아 곡란골에 들어왔다. 다행히 그때 산 너머에서 둥실 떠오르던 달과 까만 하늘을 촘촘히 수놓던 별들은 그대로이다.

사는 게 무엇이 두려운가. 세상을 모르던 그때 우리를 반겨주었던 하늘의 달과 별이 여전히 우리를 비춰주고 있으니 다시 한번 살아볼 만하지 않은가. 낮은 지붕을 이불 삼아 별자리를 찾다 보면 세상의 근심이 사라진 고요가 찾아든다.

환대와 나눔의 관계

올해 첫 우엉잎을 수확했다. 봄 가뭄이 심해서 예년보다는 늦은 수확이다. 늦은 비에 정구지도 부쩍 자라서 베어왔다. 우엉잎은 호박잎과 더불어 여름의 맛난 반찬, 서둘러 우엉잎을 찌고 정구지는 매실청을 듬뿍 넣어서 무치고 강된장을 끓였다. 마침 집에 와있던 둘째가 반색을 했다. 집에 있을 때는 좀 지겨운 반찬이었는데 막상 집 떠나 있으니 한 번씩 먹고 싶었다고 했다. 잘 익은 우엉잎에 새콤달콤한 정구지 무침을 얹고 강된장을 듬뿍 얹어 먹으면 황후의 밥상이 부럽지 않다.

새벽부터 집 앞 복숭아밭에서는 농약을 치느라 경운기 소리가 시끄럽다. 처음 이사와서는 저 농약을 피해 보려고 나름 애를 썼는데 이제는 무덤덤하다. 농약 없이는 어떤 농사도 되지 않는다는 걸 알고 나서부터이다. 무농약 어쩌고 저쩌고 하지만 막상 농사를 지어 보면 그게 꿈같은 소리라는 걸 알게 된다. 그걸 알고부터 농약에 좀 무신경하게 되었다. 내가 좋아하는 우엉잎도 농약 없이는 힘든 농사이다. 단맛이 나는 채소는 특히 벌레들이 좋아하여 잠시만 방심하면 벌레들이 마을을 만들고 만다.

사과밭에 약을 할 때 남편에게 부탁하여 우엉잎에 농약을 한 번씩 뿌려 준다. 그러고는 비를 기다린다. 장대 같은 비가 하루쯤 쏟아지고 나면 농약도 모두 씻겨 내려갈 것이니 마음 놓고 채소들을 따 먹는 것이다.

몇 번의 비에 채소들이 우후죽순으로 자라나서 이맘때쯤이면 우리 가족이 다 못 먹을 만큼 넘쳐난다. 환대와 나눔의 시간이 돌아온 것이다. 시골에 살면서 나는 우리 가족이 먹을 양보다 좀 더 많은 양의 씨앗을 뿌려둔다. 그러고는 우리 집에 들르는 도시 사람들에게 그때그때 있는 대로 채소를 나눠준다. 요즘은 봄에 심어둔 상추와 정구지가 흔하다. 운이 좋은 사람은 그 채소들이 딱 알맞게 자랐을 때 얻어갈 수 있을 것이다.

처음 이 곡란골에 들어왔을 때 마을 사람들은 딱히 나를 반기지는 않았다. 아니 반기는지 아닌지 알 수 없을 정도로 무덤덤했다. 그러다가 과일을 수확하면서 그들은 자주 과일이 가득 든 바구니를 주었다. 그것이 이 시골 사람들의 환대 방식이었다. 이사를 들어와서 떡을 돌렸을 때도 무덤덤했는데 나중에 채소와 과일을 수확하면서 그때 떡 잘 먹었다고 바구니 가득 채소와 과일을 담아 주는 것이었다. 시골의 시간이 천천히 느리게 가는 것처럼 사람과 사람 사이의 인사도 천천히 느리게 진행되었다.

이사 온 첫해, 나는 우리 가족이 먹을 만큼만 씨앗을 뿌렸다. 그래서 사람들이 다녀가고 나면 늘 뭔가 아쉬웠다. 가을이 오자 배추도 딱 우리 가족이 먹을 만큼의 모종만 심었는데 그래서야 나눠줄 수 있는 것이 없었다. 튼실하게 자라는 배추를 보면서도 선뜻 뽑아줄 수 없었던 것은 딱 우리 먹을 만큼만 심었기 때문이었다.

올해는 뭐든지 넉넉하게 심어두고는 오고 가는 사람들에게 나눠준다. 내 마음속에는 그런 방식으로 하는 친구와 이웃에 대한 환대와 나눔의 마음이 자리 잡기 시작했다. 다만 그 환대와 나눔이 호들갑스럽지 않고 표나지 않게 물 스미듯이 나와 상대에게 스며드는 방식이 시골스러울 뿐이다.

가끔 현관에는 작은 개구리와 풍뎅이의 사체가 놓여 있다. 고양이가 나를 환대하는 방식이다. 매일 아침저녁으로 밥을 주는 나에게 고양이는 개구리와 풍뎅이를 잡아서 보답한다. 고양이가 좀 더 크면 뱀이 현관에 놓여 있는 날도 있을 것이다. 그렇게 고양이는 또 나에게 스며들었다. 그 사체들을 통해서 나는 고양이가 나를 환대하고 있음을 안다. 이렇게 나는 나의 에덴동산을 만들어 간다.

역마의 꿈이 자라는 봄밤

역마살이 있다 싶을 정도로 여행을 좋아했는데 시골에 살면서 여행을 잘 가지 않게 되었다. 사는 곳이 여행을 가야 닿을 수 있는 자연 속의 공간이다 보니 군이 또 떠나려 하지 않는 것 같다. 어딘가로 늘 떠났던 것은 결국 도시라는 공간이 답답해서였거나 지루해서였을 것이다. 아파트라는 한정된 공간, 집을 벗어나도 여전히 작게 구획된 도시 공간이 주는 답답함을 견디지 못하여 자꾸만 어디론가 떠났던 것 같다. 이제는 오히려 떠난다는 것이 귀찮게 여겨지니 역마살이라는게 과연 있기나 한가 싶기도 하다.

우리나라의 동해안을 따라 강원도 고성까지 올라가서

내륙을 횡단하여 파주를 거쳐 다시 서해와 남해를 돌아오는 여행을 계획한 적이 있었다. 포항에서 고성까지의 동해안을 몇 번 가봤고, 남해안도 해안선 따라 몇 번을 다녔고, 서해도 해안선을 따라 서울까지 간 적이 있어서 그럭저럭 다녀봤다 싶은데 고성에서 파주까지의 내륙을 횡단하지는 못했다. 그리고 어찌저찌 살다보니 그 꿈을 잊고 지냈다.

봄이 되니 동해를 따라 한번 가볼까 하는 생각이 스물스물 아지랑이처럼 피어오른다. 가다가 지치면 쉬면서 쉬엄쉬엄 가다 보면 언젠가는 닿을 것이다.

어디든지 공간에 갇히는 것을 싫어한다. 정주의 삶도 좋지만 떠남의 삶도 좋다. 봄이 되니 거짓말처럼 마른 국화 줄기 아래에서 파란 새싹이 돋고 매화와 목련 꽃망울도 부푸는 것처럼 마음도 함께 부푼다. 강원도에는 아직 눈이 남아 있을 것이다. 강원도의 눈을 그리며 휴전선이 가장 가까이 닿는 길을 찾아보았다. 몇 개의 국도가 연결되고 산을 따라 길이 나 있는 듯 남쪽으로 깊이 내려온 길이 다시 북쪽으로 올라가기도 하면서 고성에서 파주까지 길은 연결되어 있다.

언젠가 대관령에서 원주까지 간 적이 있었다. 올라갈 때는 대구에서 동해안을 따라갔지만 내려올 때는 내륙을 따라오고 싶었다. 가도 가도 산, 우리나라가 산악국가라는 것이 실감 나는 길이었다. 산속에 황태 덕장이 있었고, 처음 보는 풍경에 차를 세우고 황태를 먹었고 소문으로만 듣던 유명한 사립고등학교도 보였다. 그러나 가도 가도 산뿐이었다. 산이 그렇게 첩첩이 있는 곳은 또 처음이라서 나중에는 막막해져 버렸다. 그 여행길은 시간이 흐르고 나니 시야를 가로막던 산과 막막함만 기억에 남아 있다.

산속의 길을 통해 중앙고속도를 따라 대구에 닿고서야 마음이 놓이던 길이었다. 길은 높은 산허리를 따라 나 있었고, 계곡은 깊었고, 끝이 어떨지는 상상이 되지 않았다. 몇 년이 지나고 나니 다시 한번 그 길을, 이번에는 더 북쪽으로, 민간인이 갈 수 있는 최대한의 북쪽 길을 따라 동서로 내륙을 관통해 보고 싶어진다. 마치 숨겨져 있는 과자를 빼먹듯이 군데군데 쏙쏙 다녀온 적은 있지만 천천히, 피곤하면 쉬고 해가 지면 자면서 다녀본 적은 없다. 그 길은 남쪽에 사는 나에게는 먼 길이고 낯설고 아득하다.

마른 국화 줄기 아래에서 어느새 파랗게 자란 새싹을 보다가 불현듯 그 낯설고 아득한 길이 생각났다. 곡란골의 이 산허리에서 꼼짝하지 않고 지낸 지 벌써 2년의 시간이 흘러가고 있다. 예쁘게 잘 가꾸어 놓았던 마당의 잔디는 보더콜리 견종인 루시가 여기저기 구멍을 파놓았고, 루시는 달리기를 좋아하여 이쪽저쪽을 달리느라 흙바닥이 드러나고 있다. 사람들은 개를 묶으라고 했지만 우리가 이 골짝에서 함께 살기로 작정한 이상 그 정도의 피해는 감수하기로 했다. 루시에게는 루시의 삶이 있고 나에게는 나의 삶이 있기 때문이다. 땅을 파고 개구멍을 만들고 작은 나무를 잘라 버리고 꽃이 심어진 흙을 파헤치는 루시가 있다면, 땅을 덮고 개구멍을 막고 울타리를 보강하고 다시 나무와 꽃을 심는 나도 있다. 우리는 그렇게 시간을 함께 보내왔다. 돌이켜 보면 그렇게 살려고 이 곡란골에 들어온 것이다.

저 국화가 더 자라기 전에, 목련과 매화가 꽃을 피우기 전에, 마을 사람들이 들판으로 나오기 전에 한 번쯤 그 길을 다녀오고 싶은 것이 올해 봄 나의 꿈이다. 구글 어스를 따라 역마의 꿈을 꾸다가 봄밤이 깊어졌다.

영등할매가 오시는 음이월

영등할매가 오신다는 음력 이월이 지나고부터 바람이 부쩍 사나워졌다. 예전에는 이맘때쯤이면 겨우내 얼어서 들뜬 보리를 밟기 위해 학교에서 학생들을 동원하여 보리밭 밟기를 했었다. 뭣도 모르고 따라가서 보리밭을 밟는데 웬 바람은 그리도 사납던지, 춘삼월에 얼어 죽는다는 거지꼴이 되어 학교로 돌아오곤 했었다.

울타리가 바람에 흔들리고 마당에 놓아둔 개 밥통도 날아다니고 흔들흔들 흔들리는 물건들 때문에 겁을 먹은 개는 대상도 없이 그저 짖고 본다. 꽃봉오리가 잔뜩 부푼 목련은 필 때를 견주느라 햇살만 살피다가 바람에 아까운 꽃을 떨구게 생겼다. 매화는 말해 무엇하리. 이제 그만 꽃잎을 떨굴까 하던 차에 태풍 같은 바람이 불어주니 때를 만난 듯 꽃들을 떨군다. 이런 날은 집을 따스하게 해놓고 밝은 불을 켜놓고 들어앉아 있으면 세상 부러울 것이 없다. 마당에 있는 물건들이 이리저리 날아다니다가 부딪히는 소리도 나지만 이제 그런 것쯤은 일상사, 부러질 것은 부러지고 성한 것은 남아서 또 일 년을 날 것이다.

골짝의 골을 따라서 불어오는 바람을 막기 위해 마을의 바람길에는 느티나무로 방풍림을 심어놓았다. 그 방풍림 아래에서 마을 고사도 지냈고, 이제 우리는 마을 안에서 편안하게 한 해를 보내면 된다.

봄이 되면 영등할매가 오시건 말건 골목길의 영춘화는 노랗게 길을 밝히고 수선화도 뾰족뾰족 싹을 내밀고 상사화도 이미 파랗게 담벼락을 따라 오종종 올라와 있다. 영등할매는 할매의 일이 있을 것이고 꽃들은 꽃들의 일이 있을 것이니 그들은 서로의 일에 관여하지 않는다. 바다가 없으니 영등할매가 아무리 난폭하게 횡포를 부린다 해도 언덕에 심어놓은 과수나무가 넘어갈 일은 없고, 심어놓은 보리가 없으니 보리밭이 들뜰 일도 없다. 그저 때가 되었으니 바람이 부는 것을 당연하게 여길 뿐이다.

해마다 가물어서 비가 아쉬웠던 봄이었는데 올해는 영

등할매가 인심을 썼는지 자주 며느리를 데리고 내려와서 비를 뿌려 주었다. 바람이 불면 영등할매가 딸을 데리고 오는 것이고 비가 오면 며느리를 데리고 오는 것으로 옛사람은 생각하였다. 딸의 치마가 나부껴서 아름다워 보이라고 바람을 불게 하였지만 며느리는 치마가 젖어 보기 흉하라고 비를 내렸다니 며느리 학대의 역사는 유구하기도 하여라. 그러나 지상에 사는 우리에게 바람은 문을 닫고 안으로 들어가게 하지만 비는 누구나 반기고 또 반긴다. 딸이 며느리가 되고 며느리가 딸이 되는 인간사를 영등할매는 몰랐을까. 딸이 며느리가 되어야 비로소 철이 들고 세상을 보는 품이 넓어지는 것은 식물들이 마치 비를 맞고 부쩍 자라는 것과 같다.

올해는 마침 윤달이 있어 2월이 두 번이나 있다. 일 년에 보름간 지상에 바람과 비를 데리고 오는 영등할매가 올해는 한 달씩이나 머물게 되었다. 바람이 이렇게 세게 부는 날은 우리의 어머님들이 별 내색 없이 부뚜막에 밥을 한 그릇 올려놓고 영등할매를 달래지 않았을까. 오랜 옛날처럼 제를 지내고 소지를 태우지는 못하지만 부뚜막의 밥 한 그릇, 장독대의 물 한 그릇이 영등할매의 몫이 아닐까 생각하는 것은 자연을 거스를 수 없는 농촌의 삶 때문일 것이다.

음력 2월 초하룻날 내려와서 보름날 올라간다고 여겨지던 영등할매는 날짜대로라면 이제 떠나야 할 시간인데 때맞춰 윤이월이 다시 돌아왔다. 바람도 다시 우당탕탕, 넘어지고 엎어지며 들판을 건너다닌다. 곡란골에도 종일 바람이 거세다. 바람은 아마도 숲의 짐승들을 잠재우며 밤에도 불 것이다. 창밖을 통해 바람이 어디로 건너가는지 흔들거리는 나무를 보며 더듬어 본다.

영춘화가 피는 마을

어느 집 담벼락의 영춘화가 피는 것을 시작으로 곡란 골에도 꽃들이 피어나기 시작했다. 나의 살던 고향은 꽃 피는 산골, 복숭아꽃 살구꽃 아기 진달래, 노래 가사처럼 마을은 꽃 대궐이 되었다. 순서대로 피어나던 꽃들은 언 제부터인가 순서도 없이, 기어코 피고 말리라는 맹세처 럼 한꺼번에 피어난다. 여기서 매화가 피는가 하면 저기 서 개나리가 피고, 이 꽃들이 채 지기도 전에 분홍 복숭 아, 하얀 자두꽃, 분홍 살구꽃이 누가 더 예쁜지 내기라 도 하듯이 바삐 피어난다. 그중 늦은 벚꽃이 막 피어나려 고 봉오리를 벙그는 사이 비가 내렸고, 잡초들이 일제히 파랗게 돋아나기 시작했다.

담벼락에 노오랗게 피는 영춘화가 하도 예뻐서 작년에 가지를 몇 개 꺾어와 묻어 두었더니 뿌리가 내리고 싹이 돋았다. 올해 그것을 백일홍 나무 아래 옮겨 심었더니 마치 아직 세상이 서툰 아기처럼 몇 개의 노란 꽃을 피웠다. 영춘화는 개나리보다 더 샛노란, 너무 노래서 약간 초록색이 도는 것 같기도 한 그야말로 샛노란 꽃이다. 올해는 대구의 달구벌 대로에서도 영춘화를 보았다. 수성교를 지나자 도로 중앙에 영춘화가 노랗게 피어 있었다. 봄을 맞이하는 꽃이라고 해서 영춘화라 불린다는 이 꽃은 집에 심어두면 상서로운 일이 생긴다고도 한다. 영춘화가 피어나는 곳에 복이 깃들길.

봄이라곤 하지만 들판은 아직 완전히 깨어나지 않았다. 산은 아직 잎이 돋지 않은 나무들이 많고 풀들도 아직 돋아나지 않은 것이 많다. 그래서 분홍과 하양 꽃들과 마른 대지는 공존한다. 축복처럼 비가 내리던 날은 마치 눈속임을 당하는 것처럼 식물들이 쑥쑥 자랐지만 아직 때가 이른 것들도 많아서 들판은 그리 푸르지 않다.

이사온 지 세 번째 봄을 맞이하지만 나는 아직 이방인이다. 이 마을에는 아직 정확한 내 자리가 없다. 시골 마을에서 오래 살아온 사람들은 낯선 이를 환대하지만 그가 누구인지 신원을 묻는다. 환대란 말 자체가 존재에 대한 인정이지만 나는 이 마을에서 환대를 받는 것 같기도 하고 아닌 것 같기도 하다. 어쩌면 마을 사람들은 환대를 했는데 내가 마을 사람이라는 자리에 앉지 않았는지도 모른다. 나는 마을 사람들의 허락 없이 마을로 들어왔으므로 그들에게 환대를 요청할 수는 없다. 그러나 처음부터 사람들은 나의 이주를 반겼던 것 같다. 누구시냐고, 가족은 어떻게 되냐고, 어디서 왔느냐고 물으면서 나의 접근을 암묵적으로 허락했다. 그럼에도 불구하고 나는 아직 마을에서는 아무런 권리를 행사하지 못한다. 원주민들이 나의 권리행사를 막은 것이 아니라 오히려 그들은 내가 권리행사를 하기를 원했지만 내가 그러지 못했다. 다행히 내가 여기서는 영 낯선 사람이 아니라는 것, 적어도 면 소재지의 중학교까지 학교를 여기서 나왔기에 몇 회 졸업생이냐고 묻고 대답할 수 있는 고향이기도 하지만 이 마을은 여전히 나에게 낯설다. 그래서 마을에 행사가 있거나 축제가 있는 날은 가야 할지 말아야 할지 망설여진다. 낯선 사람들 틈에서 시간을 보내는 것이 편치만은 않기 때문이다.

오래 살면 내가 이 마을에 자리를 인정받고 구성원이 될지도 모르겠다. 환대까지는 아니라도 적어도 우호적이기는 한 마을 사람들을 보면서 언제쯤 내가 스스로 자리를 찾아갈지를 생각하기도 한다.

　나는 가끔 긴수염고래를 생각한다. 긴수염고래는 수천 리나 떨어진 지구 끝에서 끝까지 흩어져 있는 동료들과 그들만의 소리로 교신을 한다고 한다. 그들은 어디에 있든 소리로 서로 소통을 한다. 그러나 그들은 누구와 누구끼리의 개별적인 소통은 불가능할 것이다. 긴수염고래가 소리를 내면 바닷속의 모든 긴수염고래들은 그의 소리를 듣는다. 속삭임이 없다는 뜻이다. 이 곡란골에서 나는 긴수염고래처럼 소통할 사람을 찾을 수 있을까. 그러나 나는 긴수염고래의 소리가 필요한 것이 아니라 결국 속삭임이 필요한 것은 아닐까 생각해 본다. 대문을 두드리고 영춘화 가지 하나를 얻는 것, 그 속닥거림이 필요해서 이 마을로 들어온 것은 아닐까.

부활하는 숲

　죽었던 숲이 되살아나고 꽃들이 피어나면서 부활절도 지나갔다. 종교를 믿지 않는 나는 부활절이 언제인지도 몰랐는데 시골에 살면서 부활절, 그러니까 만물이 되살아나는 계절을 알게 되었다. 가을이나 겨울의 부활절이란 얼마나 이치에 맞지 않는 일인가. 오래전부터 시작되었을 부활절은 이제 지구 온난화로 인해 때늦은 느낌은 있지만 그래도 부활절에 맞추어 만물은 되살아나고 숲은 푸르러진다.

　지금도 행해지고 있는 많은 제전은 대부분 풍요와 다산에 초점이 맞추어져 있는데 이는 곧 다가오는 부활을 예비하고 있다. 옛사람들은 겨울이 되어 식물이 잎을 떨구고 줄기가 사라져 버리는 것을 죽음으로 보았고 봄에 다시 소생하는 것을 부활로 보았다.

고대 그리스 신화에서 곡물의 여신인 페르세포네는 일 년의 석 달이나 또는 여섯 달은 땅 밑에서 사자들과 지내고 나머지는 지상에서 산 자들과 지내는 것으로 알려져 있다. 이 여신이 땅 밑으로 가고 나면 보리 씨앗은 땅속에 숨어 있으며 식물들은 헐벗은 채 메말라 있다가 봄에 여신이 돌아오면 곡식은 싹이 트고 대지는 푸른 잎사귀와 꽃으로 되살아난다. 그래서 시칠리아인들은 파종을 시작할 무렵에 페르세포네의 어머니이자 역시 곡물의 여신인 데메테르 제전을 열고 추수절에는 페르세포네 제전을 열었다. 어머니 데메테르는 종자 곡식의 여신으로, 딸 페르세포네는 곡식 이삭의 여신으로 추앙하였던 듯하다. 이런 신화는 전 세계에 고루 분포되어 있어서 봄은 부활의 계절로 받아들이며 많은 부활절 제전도 이때 열린다.

온 산이 푸르고 과실수는 이제 꽃을 떨구고 열매 맺을 준비를 하고 있다. 걸음을 잘 걷지 못하는 마을의 할머니들도 방 안에만 계시기에는 답답하여 보행기를 밀고 들판으로 나오신다. 겨우내 안 보이던 분들이 들길에서 보이면 반갑기도 하고 무사함에 안도도 된다. 처음 이사 왔을 때, "어디서 왔능교?", "애들도 있능교?" 하면서 궁금증을 내보이던 분들인데 호구 조사가 대충 끝난 지금은 익숙한 이웃이다. 아마도 우리 집은 내가 말한 사실에다 할머니들의 각색이 덧보태져 외지에서 들어온 사람 특유의 색깔로 칠해져 있을 것이다. 그렇지만 내가 개의할 일은 아니다.

우리를 어떻게 바라보는가는 순전히 바라보는 자, 그러니까 오래전부터 터를 잡고 살아온 마을 사람들의 몫이기 때문이다. 보행기를 밀고 다니시는 분은 올해도 여전히 조금 더 낡은 보행기를 밀고 나오셨고, 낮은 노약자용 사발이를 타고 다니시는 분은 올해는 조금 빛이 바랜 사발이를 타고 다니신다. 사발이를 탄다는 것은 브레이크를 제어할 힘이 있다는 것이니 마을에서는 그중 건강이 좋은 분일 것이다. 그런 할머니들이 마치 부활하듯이 마을로 나오시는 것도 지금이 봄이어서다.

축복받았지만 건조한 봄과 때맞추어 자주 산불 조심 홍보용 방송을 하는 차들이 다닌다. 어제오늘 바람이 많이 불었고 다행히 들판에서는 연기가 오르지 않았다. 농사를 짓다 보면 농사용 쓰레기가 많이 나오는데 마을 사람들은 산불 조심 방송이 나오거나 말거나 들판에서 그 쓰레기들을 슬쩍슬쩍 태운다. 여기저기서 연기가 올라오면 조바심이 나는 것은 도시에서 이사 온 우리뿐인지 마을 사람들은 대체로 무심하다. 산불을 조심하자는 방송만 하고 다닐 것이 아니라 나무줄기를 태울 수 있는 작은 소각장이라도 마을마다 설치해 주면 좋겠다는 생각이 든다. 낙엽을 태우는 냄새가 참 좋더라는 수필도 있는 것처럼 나무줄기를 태우는 것이야 자연에 무슨 해가 되겠는가. 말려서 되는 일이 아니라면 제도를 개선하면 될 텐데 오늘도 여전히 산불 조심 방송 차만 마을을 부산하게 돌아다닌다.

꽃은 피었으나 보는 이 없으니

간밤에 비는 내렸으나 살짝 부족하게 내린 꽃비로 마음만 아쉽다. 겨울의 긴 가뭄 끝이라 나무들이 시들시들 말라가는 것이 있는데 이럴 때 내리는 봄비는 그야말로 단비다. 씨앗을 넣은 텃밭과 이제 막 싹이 돋아나는 채소에 비보다 더 좋은 약이 따로 없다. 아무리 물을 주어도 비 한 번 내리는 것만 못한 것이 농사다. 그래도 이만큼이라도 비가 내렸으니 아직 피지 못한 꽃들은 이제 지체 없이 꽃망울을 터트릴 것이다.

이미 꽃은 피었으나 보는 이 없으니 산속 생활은 적적하다. 들판이 전부 꽃동산이지만 사람은 간혹 보이고 꽃들만 제 세상이다. 벌 나비가 호화로이 날갯짓을 하고 있어도 들판에 보이는 사람이 없으니 저 꽃을 누가 다 볼 것이며 꽃이 지고 복숭아가 익으면 저 과일은 또 누가 다 먹을 것인지 잠시 마음이 서글퍼진다. 사람이 없는 공간이란 때론 이렇게 적막하고 쓸쓸하다. 들판을 쏘다니며 나물 캐던 친구들은 이제 다시는 고향으로 돌아오지 않을 것이다.

경산은 과수원이 많은 곳이라 이맘때면 꽃들이 흐드러지게 핀다. 도화살이라고 불리는 복사꽃부터 수수하게 피어나는 자두꽃이며 살구꽃이 온 산야를 아름답게 물들인다. 그러나 사람들의 눈은 모두 이맘때 같이 피어나는 벚꽃에 가 있어 산야에 핀 꽃들에는 눈을 주지 않는다. 복사꽃의 아름다움이야 심심한 벚꽃에 견줄 바가 아니고, 살구꽃의 눈부심이야 어찌 향도 없는 길거리의 꽃 벚꽃에 견준단 말인가.

복사꽃이 도화살을 상징하는 의미를 어릴 때는 몰랐다. 나이 들고 꽃을 자세히 살펴보니 과연 도화살이라고 하겠다는 생각이 들었다. 묘한 분홍의 어우러짐이 가히 타인에게 매력을 내보이는 사랑스러운 도화살과 비교할 만하다는 생각이다. 그 아름다운 복사꽃이 이 산골에서 저 홀로 피고 지고 있으니 안타까움이야 말해 무엇하겠는가.

사람들은 꽃을 보러 유명관광지에 많이 간다. 그런데 알고 보면 꽃들은 관광지보다 산과 들판에 더 많다. 오가며 보는 꽃들이 모두 봄 단장을 하고 벌과 나비를 부르지만 사람들은 자꾸만 유명관광지에만 가려고 한다.

경산에도 반곡지라는 유명한 곳이 있다. 이곳은 예전에는 명성 그대로 주변이 전부 복사꽃밭이었고, 그래서 반곡지의 연초록 버들이 분홍 복사꽃과 어우러져 천혜의 풍경을 만들어 내었다. 그런데 사람들이 몰리면서 주차장이 필요하니 복사꽃밭을 밀어내고 주차장을 만들었고, 카페를 만들기 위해 또 복사꽃밭을 밀어 버렸다. 그래서 지금은 복사꽃은 귀하고 사람만 흔하다. 복사꽃밭 울타리는 가시로 둘러쳤는데 그 사잇길을 걸으면 멀리 보이는 파란 버드나무 이파리가 분홍과 어우러져 버들은 더 푸르고 복사꽃은 더 아름다웠으나 지금은 그 풍경이 모두 사라졌다.

사람들은 반곡지를 가면서 주변의 복사꽃은 대충 본다. 복사꽃 밭길이 만들어 내는 그 아름다움은 대부분 모를 것이다. 우리나라 사람들은 목적지향적이어서 목적지인 반곡지의 버들만 보면 된다고 생각하지만 사실 반곡지에 가면서 보이는 복사꽃이나 자두꽃도 모두 절경이다. 오가는 길가의 풍경에는 무관심하면서 이제는 사라진 목적지의 풍경만 생각하는 것이다.

내가 사는 이 곡란 마을에도 복숭아밭이 많아서 온통 분홍 복사꽃 세상이 펼쳐지고 있다. 앞과 뒤, 옆을 돌아보아도 모두 분홍빛 꽃들이다. 복사꽃이 있는 이유는 꽃에 있는 것이 아니라 복숭아 과일에 있는 것이어서 들판에 복사꽃이 흐드러져도 사람이 없다. 꽃 보러 가자는 전화가 오지만 꽃들은 모두 이 곡란골에 있으니 어디로 꽃을 보러 간단 말인가. 복숭아를 따기 위해 밭에 심어놓은 복사꽃이 아름다운 것은 말할 것도 없지만 더 눈부시게 아름다운 것은 산속에서 피어나는 야생 복사꽃이다. 이제 막 파랗게 싹이 올라오기 시작하는 나무들 사이에서 한두 그루씩 수줍게 피어나는 꽃들은 한나절 그 곁에서 취하고 싶은 풍경이다.

봄에는 목적지를 정하고 여행을 떠날 것이 아니라 아무 곳이나 돌아다니다 보면 시골은 전부 꽃동네다. 어디든 발길이 멈추면 목적지가 될 것이고, 떠나면 또 여행이 될 것이다. 굳이 거기에 꼭 가야 할 이유가 없다면 지금 당장 문을 열고 꽃맞이를 해 보시라. 꽃은 지천에 널렸으나 마음을 닫은 그대에게 닿을 꽃이 없어 한스럽다.

복사꽃 그늘 아래 잠들고 싶은 봄날이 그럭저럭 가고 있다.

노인보호구역

　며칠 동안의 비가 그치고 맑은 날씨가 지속되면서 오늘도 어김없이 마을 앞길에는 차들이 질주한다. 시골 마을치고는 다니는 차가 많은 편인데 언제쯤 마을을 우회하는 도로가 만들어질까. 거주 인구가 도시에 비해 턱없이 적다 보니 우회도로가 생길 가능성은 별로 없어 보이지만 마을 사람들은 모두 그 가능성을 생각하고 있다.

　도시에 어린이 보호구역이 있다면 시골에는 노인보호구역이 있다. 마을을 지나는 길에는 어김없이 속도 제한이 걸려 있는데 살펴보면 노인보호구역, 도시에 살 때는 보이지도 않았고 관심을 두지도 않았는데 시골에 와보니 이런 것들이 크게 보인다.

어디서 튀어나올지 알 수 없는 좌충우돌 아이들은 너무 빠르고, 언제 길을 건널지 알 수 없는 노인들은 너무 느리다. 너무 빠르거나 느리게 움직이는 대상은 우리 사회가 보호해야 하니 어린이나 노인 보호구역은 당연히 있어야 하는 것, 그 구역을 천천히 지나다 보면 노인이나 어린이들만 보호되는 것은 아니다. 차가 오거나 말거나 천천히 제 갈 길 가는 들고양이나 답답한 사람이 비켜 가라고 큰길에 누워 있는 개나 모두 보호해야 할 대상에 자동으로 포함된다. 재빨리 지나가는 짐승도 있지만 차가 지나가거나 말거나 개의치 않는 느린 짐승도 있다.

도시에 살면서 드라이브를 갈 때는 이 속도 제한이 성가셨다. 노인보호구역이 왜 있어야 하는지도 의문이었는데 노인들과 함께 시골에 살아보니 알겠다. 도로에 있는 노인은 빨리 비키지도, 지나치지도 못한다. 그러니 천천히 천천히, 인도가 달리 없는 시골길은 언제나 사람이 우선이다.

이 도로에도 폭주족들이 달리는데 그들이 폭음을 울리며 달리면 길가의 집은 흔들흔들, 주무시던 어르신들은 후다닥 일어나게 된다. 폭주족들은 길옆 집의 노인이 깊은 잠에 드신 걸 모르고, 노인은 그들이 언제 달려갔는지 모른다. 부웅거리는 소리만 남아 마을을 흔드는데 견디다 못한 마을 사람들이 얼마 전에는 속도 제한 카메라를 달았다.

날씨가 좋아지면서 자전거 타는 사람들, 오토바이 타는 사람들, 차를 타고 달리는 사람들이 마을 가운데로 나 있는 길을 달려가는데 그 길은 마을 어른들이 경로당에 가거나 텃밭에 가거나 이웃집에 갈 때도 다니는 길이라 아주 가끔은 사고가 나기도 한다. 그 길에는 때로는 털털 털털 소리를 내며 하염없이 가는 경운기도 있고, 노인용 사발이가 부릉부릉 하지만 천천히 다니기도 하고, 노인용 유모차가 느리게 느리게 다니기도 한다. 모두 천천히, 느리게 움직인다. 그러니 마을 입구의 속도 제한 표시를 보면 천천히 다니길, 그러나 나도 이제야 비로소 보였듯이 젊은 그들에게는 성가신 표시쯤으로 보일 것이다.

여기에 살다 보면 시계도 천천히 가는 것 같다. 급할 것은 하나도 없고 빠른 것은 밤길을 달리는 고라니나 수달, 너구리 정도가 눈에 불을 켜고 휙 지나갈 뿐 사람들은 빨리 움직이고 싶어도 움직일 수가 없다. 그러니 사람의 시간은 얼마나 천천히 움직이겠는가. 시간이 천천히 가면 늙는 것도 천천히 늙어갈 것이니 시간이 늦어서 억울할 일은 없다.

사실 나는 노인보호구역이 있는 줄도 몰랐다. 매스컴

에는 늘 어린이보호구역만 문제가 되었고 사고가 나도 어린이보호구역만 크게 보도가 된다. 사람들은 자신이 사는 곳이 천국이길 바란다. 느린 속도로 시간이 천천히 흘러가는 이 마을은 이곳에 사는 사람들의 천국이다. 시간이야 더 느리게 흘러가길 바라지만 이 마을을 지나치는 사람들은 뭐가 그리도 급한지 마을을 둘러보는 일도 없이 그냥 지나치는데 그렇게 서둘러 지나가봤자 산과 댐이 그들을 기다리고 있을 터, 급하게 어디론가 달려가는 그들을 볼 때마다 별것 없는 그 풍경들이 떠오른다.

시골에 살면서 새롭게 생긴 습관이라면 낯선 마을을 지나갈 때도 천천히 제한 속도만큼만 달린다는 것이다. 사람은 물론이고 짐승이나 눈에 잘 보이지 않는 미물조차도 내 차 소리에 천천히 피하길 바라면서.

다사다난한 5월

장미의 계절인 5월은 가정의 달이기도 하다. 마을마다 화전이 열리는 것도 이때, 옛 여인들이 꽃을 따와 음식을 해 먹고 놀던 문화에서 유래한 것이 화전인데 지금은 효도잔치 비슷하게 치러진다. 내가 사는 곡란골에도 화전이 열렸고 집 나간 자식들과 도시에 사는 이곳 출신 사람들, 마을 사람들이 모두 모였다. 예나 지금이나 귀한 것이 사람인지라 마을에서 가장 연로하신 어르신 서너 분과 가장 어린 아이 둘이 금일봉을 받았다. 마을 사람 가운데 가장 귀한 사람들이다.

동네 앞길에는 차들이 빽빽하고 잔칫마당에는 사람들이 융성하게 모여드니 그야말로 잔칫날, 기분 좋은 날이다. 엄마 치맛자락을 잡고 잔치 마당에 가서 음식을 얻어 먹던 그 시절이 아직 눈에 슴슴한데 예쁘게 옷을 차려입 고 음식을 하시던 엄마는 이제 늙어 걸음조차 힘드니 눈 에 보이는 마을 할머니들이 예사로 보이지 않는다. '눈 깜빡하니 한 세월'이라더니 이 할머니들이 어디 가만히 앉아서 음식을 얻어먹을 분들이던가. 흥겨운 마당에서 음식을 만들어 마을 사람들과 먹고 눈치를 봐가며 아이 들을 거둬 먹이던 그 손맛 좋고 부지런하던 분들이다.

도시에 살 때는 고향 마을의 화전은 신경도 쓰지 않았 다. 시골엔 아직 남자가 중심인 사회라서 여자들이 화전 에 끼어들기도 쉽지 않다. 그러니 고향에서 화전이 열리 거나 말거나 신경을 쓰지 않았는데 막상 시골에 살아보 니 마을의 큰 잔치다. 이사 온 지 몇 해 되지 않아 아직 발 언권도 없는 나는 찬조금을 조금 내는 것으로 지난 일 년 동안 마을 사람들의 환대와 고마움에 답례를 표시한다. 덕담 한 마디, 신경 써 주는 마음, 가르쳐 주고 환대해 주 는 그 마음을 아는지라 소소하지만 찬조금 내는 것은 당 연하다고 여긴다.

그간 건강도 많이 회복되었고 올해는 우리 집에도 경 사가 있어서 마을 사람들의 인사가 각별하였고 당연히 나는 다른 해보다 찬조금을 더 내었다. 우리 집의 경사를 자신의 일처럼 기뻐해 주는 것도 곡란골 사람들의 따뜻한 마음 때문일 것이다.

그렇게 흥성하게 베풀어지던 잔치 마당이 걷어지고 난 이튿날부터 이곳 사람들은 다시 농사일로 바쁘다. 과수원이 많은 이곳엔 요즘 과일 솎아내는 작업이 한창인데 나도 우리 사과밭의 사과를 솎아내는 작업을 쉬엄 쉬엄하고 있다. 그렇다고 수십 년 동안 농사를 지어온 농부 흉내를 내다가는 허리가 부러질 일이라 하루에 두 시간씩 사과밭에서 일을 하는데 농작물은 주인의 발자국 소리를 듣고 자란다는 말이 실감이 난다. 올해는 봄이 유난히도 추워서 과일이 냉해를 입을 것 같았는데 한 번씩 대충 볼 때는 멀쩡해서 신기했다. 그런데 씨알을 솎아내려고 들여다보니 아뿔싸! 사과가 이상하다. 냉해 피해인지 뭔지 알 수는 없지만 피해 신고는 하고 볼 일, 작년에 처음 농사지은 사과밭에 우박이 쏟아져 사과 농사를 망치고 나서 올해는 농작물 보험을 들었었다. 냉해 피해인지 아닌지는 나도 모르고 농협 직원도 모르고 담당 직원이 와봐야 안단다. 꽃이 필 때 밤 기온이 영하로 내려가고도 우리 밭은 멀쩡하다고 좋아했는데 좋은 게 좋은 것이 아니었다. 냉해 피해라면 보험금을 줄 것이고 아니라면 사과가 멀쩡하다는 얘기니 이래도 좋고 저래도 좋다. 농사꾼은 냉해 피해에 전전긍긍하는데 얼치기 농사꾼인 나는 수확기까지 별 탈 없이 무사히 갈 것인지 그것도 아득하여 될 대로 되라는 식이다.

작년엔 이맘때쯤 우박이 쏟아진 것 같은데 올해는 무사하려나, 제대로 익은 사과를 따 먹기 위해서는 산 넘어 산, 앞이 보이지 않는다. 허긴 농사도 지어보지 않은 우리에게 사과밭이라니, 하늘에서 뚝 떨어진 것치고는 너무 과분한 것이 떨어졌다.

일 년에 한 번이지만 마을 잔치에 가서 인사한 어르신께 사과를 보여봐도 모르겠다니 나도 몰라라. 농사야 하느님이 아실 일, 장미만 무장 무장 피어나는 5월이다.

맑은 하늘이 그리운 날

　황사와 꽃가루가 겹치면서 세상이 온통 먼지투성이가 되었다. 마당의 테이블은 노란 가루를 덮어쓴 채 황량하게 봄을 보내고 텃밭의 채소들도 먼지에 속수무책, 비만 기다리고 있다. 해가 갈수록 먼지는 더 심해서 길에는 여름처럼 먼지바람이 분다.

　밤길을 톺아오는데 밝은 불빛이 두 개 어른거리며 길을 건너가고 있었다. 덩치로 보아 고양이인가 싶으면서도 눈에 불을 켠 채 길을 건너야 할 짐승들을 떠올려 본다. 수달일 수도 있겠고, 너구리일 수도 있을 것이다. 개 발이 더딘 곳이니 밤이 되면 어둠도 깊다. 그 깊은 어둠을 틈타 먹이를 구하러 다니는 야생동물들이 자동차 불빛에도 두려움을 모르고 느긋하게 길을 건너니 밤의 짐승이 아닌 내가 속도를 늦춘다.

우리 고양이도 밤이 되면 집에서 사라진다. 밤새 사냥한 두더지나 생쥐를 현관 앞에 자주 가져다 놓는데 다른 야생동물들에게는 자신들의 먹이가 될 것이다.

사람과 짐승이 사는 시간은 서로 공평하다. 사람은 낮에 활동을 하고 짐승은 대부분 밤에 활동을 한다. 그러므로 같은 공간에 살아도 이들은 서로 겹치지 않는다. 마을에 어둠이 내려오면 사람들은 서둘러 저녁을 먹고 잠이 드는데 그 시간이 되면 낮에는 보이지 않던 짐승들이 마을 근처로 다가온다. 밤에 동네 개들이 떼지어 함부로 짖어댈 때 밖을 내다보면 짐승들이 어른거리지만 개의치 않는다. 짐승들의 활동 시간이 시작되었기 때문이다. 여기 시골 사람들은 그런 짐승들이 민가 근처에 돌아다녀도 별 신경을 쓰지 않는다. 해가 뜨면 모두 사라질 것을 알기 때문이다.

요즘은 가끔 로드 킬을 당한 짐승을 뜯어먹는 까마귀를 볼 때가 있다. 까마귀들이 달려들어 뜯어 먹은 짐승은 이미 형체를 알아보기 어려워 어떤 종인지 구별이 가지 않지만 그것 또한 자연의 순리여서 사람들은 그냥 지나친다.

시골에 살면서 짐승들이 살고 죽는 것에 많이 무던해졌다. 도시에 살 때처럼 호들갑을 떨지 않는다. 어떤 방식으로든 개체 수 조정이 이루어져야 하는데 그 역할은 대부분 자연이 스스로 한다.

텃밭에 채소가 푸르러지면서 할머니들께서 채소를 가끔 나눠 주신다. 할머니들이 가꾸는 채소는 그야말로 몸을 바쳐서 하는 일이라 얻어먹는 마음이 즐겁지만은 않다. 노쇠한 몸을 이끌고 씨를 뿌리고 모종을 심는 일은 새로운 시간을 예비하는 일이지만 그 시간이 충분히 그분들께 다가와 줄지는 아무도 모른다. 힘겹게 허리를 펴는 할머니들께서 주시는 채소에는 나보다 훨씬 고단한 노동의 수고로움과 간절한 시간의 기다림이 들어 있다.

나는 이 마을의 고요함을 사랑하지만 적막은 또한 두렵기도 하다. 사람의 소리가 들리지 않는 적막은 언젠가 이 마을이 사라질 것 같은 두려움을 안겨 준다. 누가 이 골짝 마을에 들어와 터를 잡고 살 것인가. 가끔 적막한 마을을 돌아보면 집들이 머지 않아 모두 빈집이 될 것 같기도 하다.

그러나 나는 사람들이 결국은 마을로 들어올 것을 믿는다. 사람이 사는 마을에는 또 다른 사람이 들어와 그들의 시간을 보내게 될 것이다.

오늘도 미세 먼지는 심각, 시계는 거의 제로다. 먼 산은 먼지에 잠겨 아득한데 꽃들은 자꾸만 피어나고 나무들도 무럭무럭 잎을 키운다. 맑은 하늘이 그리운 날들이다.

선한 사람들이 사는 마을에서

예전의 시골 마을에는 두어 명의 정착해 사는 거지와 장애인이 함께 살고 있었다. 시설이란 것이 생소한 시절이기도 했지만 마을에서 그들은 함께 살아가야 하는 당당한 구성원이었다. 그래서 모두 어려운 시절이었지만 거지가 대문 앞에 서 있으면 밥이든 반찬이든 나누어 주었고, 장애인이 마을을 돌아다니면 온 마을 사람들이 이심전심으로 돌보아 주었다. 그들은 지금처럼 마을에서 사라져야 하는 존재, 눈에 뜨이지 않았으면 하는 존재가 아니라 잘난 사람이 있으면 못난 사람이 있듯이 함께 어울려 살아가는 존재였던 것이다.

내가 자랐던 마을도 마찬가지여서 두어명의 거지와 한

명의 장애인이 있었다. 거지도 농번기가 되면 어엿한 일꾼이 되어 농사일을 거들고 당당하게 밥을 먹다가 농한기가 되면 다시 구걸을 했다. 장애인 역시 비장애인과 마찬가지로 마을을 벗어나지 않고도 충분히 존중받으며 살 수 있었다.

도시에서는 장애인의 통행권 보장 요구 문제로 나라가 시끄럽다. 사람이라면 당연히 누려야 할 통행권이 이 나라에서는 요구의 대상이라는 사실이 부끄러울 뿐이다. 마치 우리가 한때 사람이라면 당연히 누려야 할 자유를 누리지 못하고 요구했듯이 지금의 장애인들이 그렇다. 어디든지 마음대로 갈 권리는 대한민국 국민이라면 누구나 가져야 한다. 신체가 불편하다는 이유로 그 자유가 제약을 받아서는 안된다.

통행권 요구 시위로 비장애인이 겪는 일정 부분의 불편함을 어린 시절 우리는 당연하게 생각했다. 우리는 장애인보다 신체적인 조건이 훨씬 좋기 때문에 나보다 불편한 사람에게 나의 좋음을 조금은 양보해야 한다고 생각했기 때문이다.

지금도 시골에는 신체적 정신적으로 장애를 겪는 사람들이 더러 있다. 그렇다고 그들 때문에 불편하다고 아우성치지는 않는다. 그들도 마을의 당당한 구성원이니 함께 살아갈 뿐이다.

우리는 복지를 내 것을 덜어내어 타인에게 베푸는 것으로 생각하지만 알고 보면 복지만큼 이기적이면서 선한 제도도 없다. 능력 있는 사람은 점점 부를 쌓아 갈 것이지만 반대로 능력이 없는 사람은 점점 빈곤의 늪에 빠질 수밖에 없다. 능력 있는 사람은 자신이 잘난 덕분에, 또는 자신이 엄청나게 노력한 덕분에 부를 쌓아가는 줄 알지만 생각해 보면 운이 좋아서인 경우가 많다. 부모를 잘 만난 덕분에, 좋은 머리와 우월한 신체를 타고난 덕분에 타인보다 더 뛰어난 능력을 가졌을 뿐이다. 그런데 그런 사람보다 운이 좋지 못한 사람, 능력이 부족한 사람이 더 많다. 능력 좋은 사람이 자신이 번 것을 나누지 않고 호가호위한다면 생존의 문제에 내몰린 가난한 사람들은 결국 부유한 사람의 것을 빼앗기 위해 폭동을 일으킬 수밖에 없다. 역사상의 많은 폭동이 생존 문제로 일어났다. 그래서 사람들은 폭동이 일어나지 않도록 하기 위해 자신의 것을 나누기 시작했고 그것이 타인에 대한 이타적인 마음으로 점점 변해갔던 것이다. 가장 이기적인 것이 가장 이타적일 수 있는 이유이다.

장애인이 당신을 불편하게 한다고 생각하는가. 부자가 자신의 것을 덜어내어 빈자를 돕듯이 신체적으로 우월한 사람이 불편한 사람을 돕는 것은 당연한 일이다.

장애인의 통행권 요구 시위를 보면서 장애인 비장애인이 함께 어울려 살았던 예전의 시골 마을을 생각한다. 미셸 푸코의 『광기의 역사』에 보면 중세에는 장애인도 광인에 포함시켰고, 그 광인을 사회로부터 격리시키기 위해 '광인의 배'에 태워 바다로 밀어 버렸다고 전해진다.

언젠가부터 장애인들은 시설에 수용되어서 우리 눈에 보이지 않아야 할 사람이라는 인식이 생겼다. 정말 그렇게 생각하시는가. 나도 언젠가 부지불식간에 장애인이 될 수 있고, 그러면 나도 이 사회로부터 격리당해야 할 존재인가. 나와 다른 존재, 나보다 못한 존재를 품지 못하는 사람들이 안타까울 뿐이다.

적막한 마을의 정오

태초에 침묵이 있었다. 어둠 말고는 아무것도 없을 때였다. 어둠에는 공허와 적막이 섞여 있었으나 공허와 적막은 어둠을 채우지 못하고 있었다. 그때 말씀이 있었으니 곧 침묵이었던 것이다. 침묵은 어둠을 깨지는 않았으나 어둠보다는 더 오래된 것이었고, 말씀은 그래서 침묵으로 이루어진 것이었다.

고요와 적막이 어스름처럼 깔려 있고, 뒷산에서는 뻐꾸기가 말씀처럼 종일 운다. 아마도 암컷을 부르는 소리일 것이다. 뻐꾸기는 남의 둥지에 알을 낳고 새끼를 키우는 종족이다. 그뿐만 아니라 뻐꾸기 새끼는 자라면서 본래 둥지 주인의 새끼를 밖으로 밀어 살해해 버리고 자신들이 주인인 양 살아남는다. 숲 안은 그런 살해와 음모가 난무하지만 숲 밖에서 듣는 소리는 평화로움 그 자체이다.

서재 '무우당' 지붕에 박새들이 둥지를 틀었다. 작은 틈으로 새들이 분주히 드나드는 것으로 보아 새끼를 까고 먹이를 물어 나르는 것 같다. 그러나 너무 높아서 둥지도 보이지 않고 새끼들도 보이지 않는다.

보더콜리종인 검은 개 루시는 새들이 날아다니면 잡으려고 분주히 쫓아다닌다. 당연히 지붕 위에 드나드는 박새 무리들을 그냥 보고 있을 리가 없다. 아침부터 오전 내내 '무우당' 지붕을 쳐다보며 짖어댄다. 근심이 없는 집이라고 이름 지은 이 집에 새들이 깃들면서 루시에게는 엄청난 근심이 생긴 셈이다. 덩달아 루시가 짖는 소리 때문에 내 귀에도 환청이 다 들릴 지경이다. 루시의 입을 닫게 하는 방법을 생각해 봐도 별 뾰족한 수가 없다.

그러다가 오후가 되면 저도 지쳐서 그늘에 누워 잠을 잔다. 그때가 되면 어디에서 자는지 흔적도 보이지 않던 고양이 '나비'가 슬슬 기지개를 켜며 나타날 때다. 나비는 생후 한 달 정도 된 아주 어린 새끼를 데려와 집 안에서 키워 집 밖에 내놨다. 그런데 집 안의 따스한 온기를 아는지 틈만 나면 결사적으로 집으로 들어오려고 한다.

사람이 밖에 있으면 또한 결사적으로 사람에게 붙는다. 나비의 그 결사적인 몸짓을 볼 때마다 짐승의 생존방식을 배운다. 무엇이든 결사적으로, 간절하게 생존하려고 노력할 것, 언젠가부터 조그마한 개구리 사체가 현관 앞에 놓이기 시작했다. 처음엔 왜 개구리가 여기까지 와서 죽어 있는가 했다. 그런데 생각해 보니 나비의 은혜 갚기였다. 아침 저녁으로 먹이를 주는 주인에게 바치는 고양이의 보답, 개구리뿐 아니라 풍뎅이, 나방까지 나비는 잡을 수 있는 모든 생물들을 잡아서 나에게 갖다 바친다. 좀 더 크면 뱀까지도 갖다 바칠 것이다.

유기견 센터에서 데려온 흰둥이 '보리'는 세상 일에 무관심하다. 천둥이 치거나 루시가 짖거나 나비가 덮쳐도 평온하다. 보리는 자기가 일어나고 싶을 때 일어나고 눕고 싶을 때 눕는다. 타자의 간섭에 흔들리지 않는다. 아마도 유기견 센터에서 터득한 생존방식 같다. 무연하게 나를 쳐다볼 때, 먼 산을 쳐다볼 때 나는 보리가 무엇을 그리워하는지 궁금하다. 도대체 보리의 눈빛을 읽을 수가 없다. 가끔은 내 옆으로 와서 자기를 만져 달라고 앞발로 나를 툭툭 치거나 끌어당긴다. 루시가 먹이를 빼앗아가도 그만이고, 나비가 물고 뜯고 몸 위로 점프를 해도 반응이 없다. 지붕 위에서 새들이 날아다니든 말든,

새끼를 까든 말든, 보리와는 관계가 없는 일이다. 보리는 자신과 타자와의 사이가 멀고도 가깝다.

아랫집의 트럭이 마당에 있다. 들일을 하다가 점심을 먹고 쉬는 시간이다. 이 시간에는 나도 루시가 짖어대는 것을 허용하지 않는다. 안에 든 사람은 밖의 소음에 민감하다. 아직 외부인인 우리가 내부인인 아랫집의 휴식을 방해해서는 안 된다. 그보다도 피곤한 농부의 한낮의 휴식을 방해하는 건 엄청난 무례함이다.

정겨운 현수막의 나라

    시골에는 이때쯤이면 여기저기 현수막이 걸리기 시작한다. 면으로 들어오는 초입에서부터 사람들이 많이 다니는 면 소재지, 다리 위에 '경축!' 이라는 문구로 시작되는 현수막이 걸리는 것이다. 올해는 지역 의대 합격자 현수막이 제일 많이 보이는 것 같고, 그다음이 승진이다. 젊은 사람이 거의 없는 이곳에서 의대 합격자가 나왔다는 것은 볼 때마다 신기했고, 오래전에 돌아가서서 현수막에 '故' 아무개의 손자라는 이의 합격 현수막이 걸리기도 했다.

    예전에는 그래도 현수막에 이름이 걸리려면 변호사나 장군, 시장, 국회의원 정도는 되어야 했는데 민주화 영향인지 요즘은 주변 사람들이 축하해 주고 싶으면 그냥 현수막을 거는 것 같다.

현수막을 보면 지금 사람들이 어디에 관심을 가지는지가 보인다. 그래서 때로는 소소한 웃음을 주기도 하고, 오랫동안 소식을 몰랐던 이들의 근황을 현수막을 통해서 아는 경우도 있다. 나도 올해는 현수막을 보고 지인에게 전화를 걸어 축하를 전했을 정도이니 현수막은 이제 면민의 자부심과 자랑을 넘어 소식을 전해 주는 방편이기도 하다.

현수막은 정·관계를 넘어 재계에까지 미치는데 어느 대기업의 사장이나 부회장의 이름이 붙기도 한다. 그러니까 우리 시에서 인구가 가장 적고 가장 개발이 더딘 이곳에서 정치계나 관료, 재계의 유명인사들이 배출되었다는 것인데 그런 현수막을 보게 되면 그들이 이 산골짝에서 얼마나 고된 어린 시절을 보냈을지 충분히 짐작이 가는 일이라 그들이 이룬 성취에 절로 축하의 마음이 가는 것이다.

작년에는 마을 부녀회의 총무에 당선되었다는 현수막이 붙어서 면민들에게 한바탕 웃음을 주었다. 그러나 뭐 어떠랴, 어떤 이들의 성취에만 현수막을 건다는 규정이 있는 것이 아니니 그 총무라는 분의 주변 사람들이 재미

삼아 걸고 억지 축하 막걸리를 얻어 먹었을 수도 있다. 국회의원이나 시장, 대기업 임원 정도는 되어야 붙던 현수막이 마을 부녀회 총무까지 붙게 되었으니 적어도 여기에서 현수막은 완전한 자율성과 평등을 이룬 셈이다.

그런 현수막이 처음부터 곱게 보였던 것은 아니다. 현수막 공화국답게 여기저기 나붙는 현수막을 보면서 끔찍한 환경오염이라고 생각했고, 뭘 저렇게 과시하고 싶은지 어처구니 없기도 했다. 그런데 그렇게 크고 작은 일들을 알리는 현수막이 자주 걸리는 시골에 정착해 살다 보니 현수막이 지역 공동체의 알림판 같은 역할을 한다는 데 문득 생각이 미쳤다. 수십 년을 살아도 어제가 내일 같은 일상에서 그런 현수막은 지역민의 자부심이고 유쾌한 농담 같은 것이었던 것이다.

그것이 누구네 손자이고 아들이고 딸이지만 한 집 건너면 누군지 다 아는, 심지어는 수십 년 전에 돌아가신 이의 손자라 해도 우리는 이미 그게 누군지 다 알고 있다. 사람들은 대를 이어가며 그들의 소식을 그렇게 전하며 살고 있었던 것이다. 그러니까 현수막에는 그냥 자랑만 하려는 것이 아니라 삼 대쯤은 너끈히 서로를 기억하면서 축하할 일은 축하해 주는 공동체의 마음이 담겨 있는 것이다.

그렇다고 현수막이 전부는 아니다. 현수막에 이름이 걸린 이보다 걸리지 못한 이가 훨씬 많고, 더 큰 성취를 이룬 이들도 많다. 예전이라면 입에서 입으로 전해질 일들이 이제는 현수막이라는 알림판을 통해 알려지는 것이 다를 뿐이다. 가히 현수막 공화국답다.

그래서 생각해 보는 것은 아기 울음소리가 사라진지 오래여서 이제는 초등학교와 중학교도 사라질 판국인 이 작은 면에서 아이가 태어나면 그때마다 현수막을 걸어보았으면 하는 것이다. 그러다가 쌍둥이나 세 쌍둥이가 태어나면 온 면민이 소소한 축하선물을 사 들고 그 집을 방문할 수도 있을 것이다. 이 면에서 이것보다 더 축하할 일이 어디 있을까 싶은데 과연 아이가 태어나기는 할까 그것도 걱정이다.

천천히 더 느리게

사람들은 어디서든 태어나고 죽지만 이곳에는 태어남은 없고 죽음만 있다. 태어남이 없은 지는 오래되었을 것이다. 학교나 직장을 구해 마을을 떠난 사람들은 거의 대부분 다시는 돌아오지 않는다. 나처럼 건강을 잃거나 그에 버금가는 고통을 겪은 이들이 가끔 고향으로 돌아오지만 그들 역시도 살아갈 날이 살아온 날보다 짧은 것은 마을의 노인들과 같다.

가끔 사람들의 부고가 마을의 단체 문자를 통해 들어올 때가 있다. 누군지 알지 못하지만 그런 문자를 받을 때는 사느라 고생하셨다고, 좋은 곳으로 가시라고 짧은 기도를 한다. 고대 그리스인들은 죽음의 신 하데스가 있는 저승으로 들어가려면 다섯 개의 강을 건너야 한다고 믿었다. 고통의 강인 아케론, 통곡의 강인 코키토스, 불의 강인 피리플레게톤, 두려움의 강인 스틱스, 망각의 강인 레테가 그 다섯 개의 강이다. 레테는 저승을 흐르는 망각의 강이면서 그 강을 관장하는 여신의 이름이기도 하다.

신들은 죽기 직전의 노인을 다시 한번 유년기로 돌려보내는 짓궂은 장난을 할 때가 있는데 에라스무스는 『우신예찬』에서 그것을 '제2의 유년기'라고 부른다. 노인들은 제2의 유년기를 통해 '망각'이 관장하는 샘으로 가는데 그 샘은 행복의 섬에서 발원한다고 알려져 있다. 우리가 가장 고통스러운 병인 치매라고 부르는 이 제2의 유년기는 바꾸어 생각하면 노인에게는 다시 행복의 섬에 닿는 것이나 다름없다. 이 샘물을 마시면 마음속의 근심과 걱정이 사라지고 다시 어린아이가 되지만 문제는 이 망각의 강이 죽음의 강인 레테로 흘러가게 된다는 것이다. 저승에 있는 망각의 강은 행복의 섬에서 발원한 샘이 잘못된 곳으로 흘러서 생긴 작은 지류에 불과하지만 누구나 이 강으로 흘러들지 않을 수가 없는 것이다.

부고장을 받으면 고통과 통곡과 불과 두려움의 강을 건너 망각의 강에 닿아야 비로소 한 생이 끝나는 삶의 순환을 생각한다. 어떤 분인지 모르지만 한 생을 살면서 건너야 했던 그 많은 강들을 이제 비로소 모두 건넜으니 그대는 행복의 섬에 닿은 것입니다. 이렇게 나는 기도한다.

죽음이란 것이 어디 노인들에게만 닿는 소식이던가. 이제 나이가 든 우리에게도 죽음은 가끔 손을 뻗친다. 본인이, 배우자가, 부모가 망각의 강을 건넜다는 소식을 들을 때마다 살아갈 날보다 죽을 날이 더 가까워진 시간을 생각한다.

젊은이에게 죽지 않고 영원히 살고 싶은지를 물어본 적이 있다. 뜻밖에도 아직 이십 대인 젊은이는 죽는 것도 무섭지만 영원히 사는 것도 끔찍한 일이라고 대답했다. 우리는 태어나는 순간 모두 죽음을 향해 가고 있다는 말이 실감 나는 대답이었다. 환절기가 되면서 가끔 들리는 죽음의 소식에 생각이 많아진다.

사람의 죽음은 늘 이렇게 깊고 어렵지만 짐승들은 언제 어느 때든 불현듯 죽음의 형태로 우리 앞에 드러나 있는 경우가 많다. 날씨가 따뜻해지면서 활동이 활발해진 짐승들은 그만큼 로드킬도 많이 당해서 시골길을 가다 보면 여기저기 짐승의 사체가 보인다. 어제까지 살아서 좋았던 생명이 그렇게 속절없이 죽음 앞에 무릎을 꿇은 것을 보면 마음이 어지러워진다. 그래서 시골길은 천천히 달린다. 천천히 달려도 자동차의 불빛을 보고 달려드는 짐승들을 피하기가 쉽지 않은데 한적한 시골길이라고 마구 달리는 차들을 보면 어쩌자고 저러는가 싶어서 한숨이 나온다. 도시에서는 사람 때문에 빨리 달리지 못하지만 시골에서는 행동이 느린 노인들과 천방지축으로 달려드는 짐승들 때문에 빨리 달리지 못한다. 빨리가 다 뭔가. 시골에 사는 생명을 알게 되면 더 천천히 가게 되는 것이 시골길이다.

망각의 강을 건너고 싶지 않은 생명들이 더 느리게 살아가기를 바라는 날이다.

큰개불알꽃이 피는 겨울, 그리고 봄

계절을 알려주는 절기는 속임이 없어 언제나 정직하다. 절기는 음력으로 계산하고 있기도 하고, 도시에서 살기 때문에 절기의 다가오고 감을 우리가 잘 모를 뿐 계절에 따라 움직이는 절기는 한 치의 오차도 없다.

겨울이면서 봄의 씨앗을 가장 많이 품고 있을 때가 입춘이다. 입춘이 지나면 이제는 누가 뭐래도 봄이다. 우리 집 과수원 둑에 큰개불알풀꽃이 피었다. 꽃샘추위에 바깥 외출을 하지 않고 있던 동안 들판에는 풀들이 꽃을 피우고 있었던 것이다. 과수원 둑에서 푸른빛이 도는 보랏빛 꽃을 보는 순간 나도 모르게 탄성이 나왔다. 겨울이 아직 좀 더 남은 줄 알았는데 봄은 이미 들판에 와 있었던 것이다.

시골에 거처를 정하고 좋아하는 나에게 사람들은 겨울을 한번 지내 봐야 계속 살 수 있을지를 결정할 수 있다고 했다. 시골에서 자란지라 겨울이라고 해서 특별할 것도 없다고 생각했지만 사람들의 생각은 그렇지 않았던 모양이다. 시골을 떠난 지 오래되어서 사람들의 그 말을 들을 때면 나도 모르게 긴장이 되었다. 아파트 생활에 익숙한 몸이 시골 생활에 적응해 줄지 걱정도 되었던 것이다.

첫서리가 내리고, 아침에 일어나면 날마다 덱 위나 앞집 지붕 위, 마당의 노랗게 마른 잔디 위에 하얗게 내린 서리를 보면서 나는 겨울이 좋았다. 아침에 문을 열고 마당으로 나가면 온몸으로 다가오는 그 알싸하고 싸늘한 기운, 어떤 날은 모자를 쓰고 목도리를 두르고서야 마당으로 나갈 수 있었지만 그 차가운 기운이 설레도록 좋았다.

무엇보다 재미있었던 것은 이파리가 모두 떨어진 숲 사이로 숨어있던 집들이 나타나던 것이었다. 산 여기저기 집들이 드러나면서 마을에는 내가 알던 것보다 훨씬 많은 집들이 있다는 것을 알게 되었다. 그리고 햇살이 오래 머무는 양지바른 능선으로 선명하게 드러나던 무덤들도 보기 좋았다. 겨울이 아니면 보이지 않을 풍경이었다.

아쉬운 것은 고즈넉하게 눈 내린 풍경을 상상했었는데 지금까지 끝내 눈이 내리지 않은 것이다. 그러나 4월에도 눈이 내리던 날이 있었으니 2월에 눈을 포기하기에는 너무 이르다. 겨울의 기운이 완전히 사라지기 전의 어느 날, 거짓말처럼 하얀 눈이 마을에 찾아들 것이라고 기대한다.

언덕 위에 집이 있기 때문에 겨울 들면서 염화칼슘을 따로 쌓아 두었다. 혹시라도 눈이 내리면 길에 뿌리기 위해서였다. 그뿐이었던가, 그래도 근방에서 젊은 우리는 눈이 오면 골목을 깨끗하게 치우기 위해서 바람으로 눈을 날리는 기계까지 사 두었다. 그러니까 우리는 겨울을 지내기 위한 완벽한 준비를 하고 있었던 것이다. 그러니 머지않은 날 선물처럼 눈이 우리에게 찾아들기를 기다리는 것이다.

겨울을 한번 지내봐야 시골에서 살 수 있을지 판단할 수 있다고? 그것은 도시에서만 살아온 사람들의 이야기이거나, 추운 것을 도무지 참지 못하는 사람들의 이야기이다. 여름은 여름대로, 가을은 가을대로, 겨울은 겨울대로 나는 늘 좋았다. 그리고 봄은 이 겨울보다 틀림없이 더 좋을 것이다.

사람들은 아직 겨울이라고 웅크리고 있지만 입춘과 더

불어 봄은 이미 우리 곁에 왔다. 매화가 피는 것은 물론이거니와 이름 모를 작은 꽃들, 엎드려야만 보이는 작디작은 꽃들이 이미 들판에 찾아왔다. 다만 우리가 몸을 숙여서 그 꽃들을 들여다보지 않았거나 바람 부는 찬 들판과 눈짓을 주고받지 않아서 봄이 오고 있는 것을 모르고 있을 뿐이다.

시골에서 지내는 겨울이 얼마나 추울지 사실 기대가 컸었다. 그러나 기대와 달리 바람은 창을 넘어오지 못했고, 옛날처럼 벽 사이로 스며들지도 못했다. 밤이면 밖은 영하 10도의 차가운 기운으로 서성거렸지만 집 안은 언제나 따뜻했다. 낮이면 차가운 기운을 버린 햇살이 집 안 깊이 스며들었고 저녁이면 앞집에서 피우는 난로에서 하얀 연기가 꼬불거리며 하늘로 올라가곤 했다.

아마도 오랫동안, 이제 더 이상은 도시로 떠나지 않고 수없이 많은 겨울을 맞이할 것 같다. 그렇게 겨울을 지내는 동안 가끔 마당을 서성거리며 매화가 부풀어 가는 것도 설레며 바라볼 것이다. 우리 집 홍매화도 머지않아 부푼 꽃망울을 터트릴 것 같다.

나무들이 꾸는 봄밤의 꿈

  대선이 치러지면서 이 시골에도 소소한 바람이 한바탕 지나갔다. 사람들은 이쪽과 저쪽으로 나누어서 시끌벅적한 대화를 했지만 예전과 다른 것은 바라보는 방향이 다르다고 해서 상대를 적대시하지는 않는다는 것이다. 그냥 정치적인 생각이 좀 다른 사람, 사는 것은 자기들과 똑같지만 정치적으로는 생각이 달라서 입 맞추어 정치 이야기를 하기엔 별 재미가 없는 사람 정도로 봤다. 대선이야 잠깐 치러지지만 다른 일로 입 맞추어 수다 떨 일이 많은 시골이니 그렇다고 해서 척 질 일은 아니었다.

  그걸 보면서 나는 이 시골 사람들이 자신의 생각과 삶에 얼마나 품위를 지니고 사는지를 알게 되었다. 생각이 다른 타인을 배려하고 인정하는 것은 하루아침에 얻어지는 것이 아니기 때문이다. 지금도 얼마나 많은 사람이 자신과 생각이 다르다는 이유로 상대가 틀렸다고 손가락질하며 적대시하는가 말이다. 그런 것을 보면 이 고요하고도 적요한 곡란골은 대선이 치러지기는 했는가 싶을 때도 있다.

선거라는 거대 담론은 어떻게 보면 하나의 유희이기도 하다. 우리 삶과 밀접하게 관련을 맺고 있는 것 같지만 대통령이라는 자리는 또 우리 삶과는 전혀 관계도 없는 것 같아서 선거 자체를 하나의 놀이로 보기도 하는 것이다. 그런 문화에서 생각이 다른 이들이 서로를 비난하고 증오한다면 이 사회는 조금도 진보하지 못하고 오히려 퇴보하게 된다. 그런 의미에서 대선이라는 큰 선거를 고요하게 치러내는 이 시골 사람들에게 나는 경의를 표하고 싶다.

사실 선거만큼 우리 감정을 자극하는 일은 드물 것이다. 그것은 우리 삶 자체가 지극히 이성적인 판단과 결정으로 영위되는 것 같지만 기실 감정적인 접근이 더 많은 것과 같다. 알고 보면 우리는 감정에 죽고 산다. 지극히 소소한 일에도 감정이 상하면 죽고 살기로 덤비면서도 정작 감정이 개입되지 않는 큰일은 대범하게 넘기는 경우가 많다. 선거 역시 마찬가지이다. 선거는 이성적인 판단으로 옳고 그름을 가려내는 것이 아니라 감정적인 판단으로 좋고 싫음을 가려내는 일이라 해도 과언이 아니다. 좋다고 생각되는 사람은 어떤 파렴치한 일을 저질러도 눈을 감지만 싫다고 생각되는 사람은 바늘 끝 같은 과오에도 전봇대만큼 잘못을 키운다.

즉 누구는 아무리 잘못해도 봐줄 수 있지만 누구는 조그마한 잘못이라도 절대 봐줄 수 없다는 인간의 감정이 선거판을 지배하는 것이다. 그러니 그런 선거판에서 생각이 다른 이를 틀렸다고 비난하기 시작하면 결국 이웃 하나를 잃게 된다. 인구 밀도가 낮은 시골 사람들은 그렇게 이웃을 잃고 싶지 않기 때문에 서로가 난해한 생각으로 가득한 선거 이야기는 가급적 하지 않으면서 타인을 배려하는 것이다.

결국 시간이 흐르면서 선거는 끝이 났다. 누군가는 쾌재를 부를 것이고 누군가는 깊은 절망에 사로잡힐 것이다. 그러나 이 또한 우리 모두의 선택이다. 내가 하지 않은 선택이라 하여 그 선택을 한 다른 사람을 미워할 필요가 없다. 그들은 나와 다른 이유로 다른 생각을 했을 것이기 때문이다. 다르다는 것이 상대를 배척할 이유가 되어서는 안 된다.

선거가 진행되던 어제나 끝난 오늘이나 이 곡란골은 변한 것이 전혀 없다. 봄 햇살이 좀 더 따스해졌으며, 전례 없는 가뭄에 사람들은 새로운 대통령보다 더 간절한 마음으로 비를 기다리며 올해의 농사 준비를 하고 있다. 가지치기가 끝난 과수원의 나무들은 꽃을 피우고 싹을 틔워 열매를 맺을 궁리에 무장무장 봄밤의 잠을 설칠 것이다.

여름

고요와 적막의 소리

언젠가부터 개구리 울음소리가 부쩍 들리기 시작한다. 아마도 모내기를 하던 무렵부터일 것이다. 이 소리는 고요한 저녁이면 더 크게 들리는데 마치 대기 중에 원래 있었던 소리처럼 대기와 완벽하게 합일했다. 옛날부터 있었던 토종 개구리는 '와글와글' 울어대는데 가끔 '꾸르륵 꾹꾹' 하면서 우는 개구리도 있다. 아마 황소개구리일 것이다. 이 소리는 '와글와글' 울어대는 소리를 완전히 압도하여 독보적인 목청으로 밤을 흔들어댄다.

개구리 울음소리가 들린다고 하여 시끄러운 것은 아니다. 오히려 완전한 고요, 커다란 침묵 속에 내가 있는 것 같다. 소리가 소리로 들리지 않으니 시끄러울 리가 있나.

그러니 개구리 울음소리는 소리가 아니라 침묵이고 고요이며 적막이다.

개구리 울음소리 사이로 '찌르르 찌르르' 울어대는 벌레도 있다. 낮에 울던 뻐꾸기는 잠이 들었는지 조용하지만 가끔 비명을 지르듯이 울어대는 고라니 소리가 들리기도 한다.

처음 곡란골에 들어왔을 때 새벽에 이 고라니 소리에 잠이 깼었다. 덫에 걸린 짐승처럼 울어대는 소리에 와락 무섬중이 일어 온 집안의 불을 켜고 가족도 깨웠다. 산에서 짐승이 울어댄다고, 들어보라고, 괜찮겠냐고, 덫에 걸린 것 같은데 저걸 어쩌냐고 조바심을 냈다. 그 소리는 다음 날도, 또 그다음 날도 들렸고, 동네 사람 누군가가 고라니 울음소리라고 가르쳐 주었다. 그 소리에 익숙해지기는 쉽지 않아서 고라니가 덫에 걸렸나 해서 자주 잠이 깼다. 나중에 고라니가 다른 고라니를 부르는 소리라는 걸 알고는 그제서야 그 소리에 신경을 쓰지 않을 수 있었다.

소리는 단일하지 않고 수많은 다른 소리들이 섞여서 하나의 소리를 만들어 낸다.

밤은 소란스럽다. 낮에는 소리도 숨을 죽이는지 들리지 않다가 밤이 되면 이 소리들은 한꺼번에 터져 나오듯이 들리기 시작한다. 경운기 소리나 차 소리 등 생활 소음이 사라지고 나면 자연의 소리가 밤 시간을 지배하는 것이다.

저녁 무렵엔 오토바이 소리가 동네를 맹렬하게 흔들었다. 폭주족들이 가끔 마을 앞길을 달리는데 그들은 고단한 마을 사람들이 깊은 잠에 든 것은 아랑곳없다. 그 폭주족들 때문에 얼마 전에는 마을 길에 속도 단속 카메라를 달았다. 마을 길은 노인보호구역이라서 제한 속도가 시속 30키로, 그러니까 엉금엉금 기어 다니는 수준인데 나는 평소에는 40키로 정도로 다닌다. 그런데 단속 카메라를 달고부터 꼼짝없이 30키로로 다니니 이제는 속도에 대해서는 아예 포기하고 느긋하게 다닌다.

이상하게도 개구리 울음소리나 벌레 소리가 밤새 들려도 시끄럽다고 생각해 본 적은 없는데 오토바이 소리는 귀에 거슬린다. 인위적인 소음이어서 그럴 것이다.

화가 장욱진은 산다는 것은 소모하는 것이라고 했지만 곡란골에 들면서 나는 그동안 사느라 소모한 것들을 새롭게 충전하는 것 같다. 개구리 울음소리나 벌레 소리, 새소리는 마치 배터리처럼 충전 속도를 올려준다.

마을에서 큰 개가 컹컹 짖는 소리가 들린다. 우리 개도 마주 짖어야 하는데 오늘은 지쳤는지 잠에 골아 떨어져

기척이 없다. 낮에 몇 번이나 뒷산을 뛰어 다니더니 일찍 잠이 든 모양이다. 산에서 짐승이 내려오거나 마을의 개가 짖으면 우리 개는 결사적으로 짖어대는데 오늘은 도둑이 들어도 짖을 일이 없을 것 같다.

　도시에서 완전히 소진된 몸이 이 곡란골의 고요와 적막의 소리 속에서 새롭게 되살아나고 있다. 몸이 먼저 그 되살아남을 안다.

곡란골의 여름 아침

아침 반찬을 뭘 해 먹을까 하다가 뒤뜰 텃밭으로 나가니 호박잎이 제법 생겼다. 호박잎과 몇 포기 있는 깻잎, 우엉잎을 뜯고 취나물 잎도 뜯어서 찜솥에 넣고 쪘다. 된장을 끓이고 찐 채소들을 쌈 싸먹으니 훌륭한 여름 반찬이 되었다. 텃밭이 반찬이다. 텃밭 가에 심어둔 나리꽃이 주홍으로 피고 꽃을 보려고 몇 포기 심어둔 도라지도 곧 꽃이 피겠다. 텃밭 가에 꽃을 심는 건 예전의 아버지가 하던 방식이다. 그 방식이 나도 모르게 몸에 익어서 이렇게 꽃이 피면 채소를 뜯다가 꽃에 눈이 가기도 한다.

호박은 호박을 따 먹기 위해서라기보다 호박잎을 따먹기 위해서 심는다. 시골에 살면 호박은 여기저기서 하나씩 툭툭 따주는데 호박잎은 잘 따주지 않는다. 모두 호박 잎보다는 호박을 더 귀하게 여기기 때문이다. 그러나 알고 보면 더 맛있는 것은 호박잎, 울타리 가에 몇 포기 심어두고 여름 내내 보드라운 이파리를 따먹는다.

집 위 과수원 가에 있던 텃밭을 집 뒤란으로 옮겼다. 과수원에는 농약을 하기 때문에 때맞추어 먹기도 곤란했지만 무엇보다 물이 부족해서 채소가 잘되지 않았다. 집 뒤란에 채소를 심고 거의 매일 물을 주니 잘 자라기도 하지만 무엇보다 뜯어먹기가 편하다. 뒤란으로 채소밭을 옮겨 오고부터 냉장고에 채소가 들어가지 않는다. 먹을 만큼 한 줌씩 따서 먹고 남는 건 버린다. 사람들은 잘 모르지만 우리 집 뒤란에는 보물창고가 있는 것이다. 그렇게 우거진 채소밭 가에서 피는 꽃들은 또 얼마나 예쁜지, 감나무 아래에서 피는 주홍색 나리는 이 아침에 독보적으로 아름답다.

음식 사진을 찍어서 자랑하는 일을 하지 않던 남편은 채소가 풍성한 날은 가끔 사진을 찍어서 친구들에게 자랑을 한다. 오늘 아침도 밥을 먹다 말고 휴대폰을 가져오더니 사진을 찰칵, 맛있다고 말은 잘 하지 않지만 맛있었다는 얘기다. 남편 친구들 한번 초대해야겠다고 말만 했는데 자랑만 하지 말고 이 여름이 가기 전에 초대해야겠다.

울타리 가에서 예쁘게 피어 집을 지키는 접시꽃도 이 여름날에 얼마나 아름다운지, 나무를 키우려고 거름을 주었는데 그 나무 곁에서 자라는 접시꽃도 덤으로 거름을 먹었는지 울울창창 아름답다. 처음 이사 와서 동네 산책을 다니며 골목에 있는 접시꽃 씨앗을 따와서 집 안 여기저기에 뿌려 두었다. 올라오면 좋고, 아니면 말고, 이런 마음이었는데 그해 가을이 되자 싹이 돋아났고 다음 해에는 제법 자랐다. 작년에도 꽃은 피는 둥 마는 둥 했는데 올해 제대로 몸집을 키워서 꽃이 풍성하다. 대문 가에도 울타리에도 여기저기서 꽃이 피는데 모두 색이 다르다. 진한 빨강과 흰색, 연한 분홍과 진한 분홍이 제각각 알맞은 곳에 자리를 잡았다. 서재 앞 울타리에도 진한 분홍이 예쁘게 피어서 이 글을 쓰면서도 자꾸만 눈이 간다.

꽃들은 제각각의 몫이 있다는 생각이 든다. 더 귀하고 덜 귀하고는 없다. 꽃은 저대로 모두 귀하고 예쁜데 울타리에 피어서 예쁜 꽃이 있는가 하면 나무 아래에 피어서 예쁜 꽃이 있다. 도라지는 어쨌든 장독대 옆에 피어야 예쁘고, 수국은 마당 가장자리에 피어야 예쁘다. 특별히 비싸서 귀한 것은 없다. 동네를 다니다가 씨앗을 가져오기도 하고 뿌리나 줄기를 얻어와서 심은 것들이다. 그것들이 계절에 맞추어 저절로 피어나니 보기에 좋을 뿐이다.

지금은 수국과 접시꽃이 가장 아름다운 계절이다. 생활이 소박한 만큼 꽃들도 소박하다. 그러나 그렇게 문득 피어 있는 꽃들이 얼마나 아름다운지, 어떤 날은 미처 뜯어먹지 못한 쑥갓에서 피어나는 계란처럼 생긴 꽃도 예뻐서 쑥갓을 뜯다 말고 멍하니 바라보기도 한다. 시골에 살아서 아름다운 계절이다.

기대 살아야 할 것들

농사를 짓는 사람들에 비하면 그야말로 손바닥만 한 텃밭이지만 나름대로 없는 것이 없다. 고추 열 포기 정도와 오이 대여섯 포기, 가지도 그만큼, 토마토도 그만큼 여기저기 옹기종기 모여있다. 어제는 비 온 후에 쑥쑥 자라는 오이 주변에 울타리를 치고 지난 봄에 가지치기를 한 사과나무 가지를 여기저기 꽂아 두었다. 오이가 그 사과나무 가지를 잡고 위로 올라가도록 하기 위해서이다.

오늘 텃밭을 살펴보러 갔더니 하룻밤 새 오이가 사과나무 가지를 휘감고 오르고 있었다. 가르쳐 주지 않아도 본능이란 이토록 질긴 것이다. 누가 오이에게 저 사과나무 가지를 붙잡고 오르면 된다고 가르치겠는가. 몸이 무겹도록 마디마다 오이를 매달고 사과나무에 매달린 오이 줄기를 보니 사람도 오이처럼 저렇게 본능적으로 누군가에게 기대어 살겠구나, 혼자서는 바닥에 쓰러져 있다가 누가 저렇게 손을 잡아주면 그 손을 잡고 일어나 살겠구나 싶었다. 새삼 사는 일이 눈물겨웠다.

암 진단을 받고 남편은 내게 사과나무 가지가 되어 주었다. 바쁜 중에도 항암을 하는 날은 병원에 데려다주고 아침저녁으로 병원에 드나들었다. 항암 후유증으로 청소와 끼니를 준비하는 일이 힘들어지자 청소는 파출부에게 맡겼지만 식사 준비는 손수 했다. 퇴근하고 지친 몸으로 돌아와서 씽크대 앞에 서 있는 남편을 보는 일은 참으로 눈물겨웠다. 그 눈물겨운 풍경을 보지 않으려고 더 일찍 자리를 털고 일어났던 것 같다. 내가 직접 식사 준비를 해놓은 저녁이면 남편은 내가 일어날 수 있었다는 것이 반갑고 좋아서 환하게 웃곤 했다. 그렇게 나는 남편의 몸을 붙잡고 천천히 일어날 수 있었다.

혼자서 잘 살 수 있는 사람이 어디 있겠는가. 사람은 누군가에게 기대어 살기 마련이다.

곡란골에 살면서 그 오랜 역마살을 끊어낼 수 있었다. 시골에서의 삶은 하루하루가 여행처럼 설레고 아름다웠다. 오늘도 주차를 하다가 문득 자두나무에 눈길이 갔다.

세상에, 자두가 붉게 익고 있었다. 이삼일 나무를 쳐다보지 않은 동안 자두는 붉은 수액을 빨아올려 저 혼자서 가만히 익고 있었던 것이다.

바구니를 들고 가서 자두 몇 알을 따 오면서 여기저기 전화를 했다. 우리집 자두가 익었다고, 벌써 빨갛다고, 그런데 올해는 가뭄이 심해서 씨알이 굵지는 않다고. 사진을 본 남편도 펄쩍 뛰듯이 반색을 했다. 자두가 벌써 익었냐고, 밤새 살그머니 당도한 나그네처럼 자두도 살그머니 익어가고 있었는데 이 눈물겨운 아름다운 것들을 두고 내가 어디를 가겠는가. 어디를 간들 이것보다 더 아름다운 것들을 만날 수 있겠는가.

오전에는 오이가 사과나무를 휘감고 오르는 것을 한참 가만히 살펴 보았고, 오후에는 붉은 자두 때문에 호들갑을 떨었다. 천지개벽할 사건이 하루에 몇 번이나 일어나는데 이것보다 더 신비로운 어디를 간단 말인가. 하루하루가 여행지에 당도한 듯 설렌다. 자연은 가만히 있는 것 같지만 한시도 가만히 있지 않는다.

과수원 울타리에 호랑이 콩을 심으면서 콩 몇 알을 잔디밭에 흘렸는데 줍기 귀찮아서 그대로 두었다. 콩은 내내 그 자리에 그대로 있더니 그저께 난데없는 싹을 틔워 올렸다. 하룻밤 새 콩은 손가락만큼 자라서 아침에 마당에 나간 나에게 파란 떡잎을 보여 주는 것이었다. 나는 또 그게 귀하고 예뻐서 뽑지 못하고 있었는데, 루시가 그렇게 마당을 휩쓸면서 뛰어다니는데 용케도 아직 살아 있다.

잔디밭에는 잔디만 자라는 것이 아니다. 민들레와 토끼풀, 개망초, 제비꽃 등등 무수히 많은 다른 풀들도 함께 자란다. 거의 대부분 잔디보다 더 커지면 뽑아 버리지만 그렇다고 그것들이 완전히 없어지는 것은 아니다. 그러니 콩도 두고 보는 것이다. 붙잡을 것이 없는 잔디밭에서 콩은 일어서지 못해 바닥을 기게 될 것이고, 머지않아 루시의 발에 짓밟혀 죽었다 다시 살아나기를 반복할 것이다.

아침마다 마당에 나가면 콩이 있는지부터 살피는데 나는 참 잔인하기도 해라. 콩의 운명은 어디까지인지 살피는 이 심사를 나도 모르겠다. 다만 울타리를 타고 자라는 콩이 잔디밭에서 자라지 못하는 것을 뻔히 알면서, 기대고 살아야 할 것들이 혼자서 살면 그 최후가 어찌 될지 뻔히 알면서도 가만히 내버려 두는 이 심사를 나도 모르겠다.

납딱바리 스릴러

　며칠 전 이른 아침, 집 뒤 과수원으로 개를 풀어놓자 개는 쏜살같이 무언가를 쫓아가더니 두어 시간 동안 돌아오지 않았다. 과수원 위로는 숲이 울창한 산인데 아마도 개는 그 산에 들어가서 나오지 않는 모양이었다. 과수원에 있던 검은 짐승을 쫓아갔다니 개가 그 짐승을 잡거나 짐승이 개를 잡거나 양단간에 결판이 날 모양인데 우리는 돌아오지 않는 개를 찾아 목이 쉬어라 부르는 수밖에 없었다. 사람이 들어가기에 숲은 너무나 우거져 있었고, 햇볕이 들지 않을 만큼 컴컴했다.

　두어 시간 후, 개는 온몸에 숲의 흔적을 묻힌 채 지쳐서 돌아왔지만 쫓고 쫓기던 그 추격전의 결말은 알 수가 없었다.

　어젯밤, 해가 저물자 곡란골에는 난데없는 스릴러 스토리가 펼쳐졌다. 이웃과 몇 마리의 통닭을 놓고 가벼운 맥주를 한잔 하는 자리였는데 아저씨 한 분이 산중에 있는 저수지에서 있었던 한밤의 스릴 넘치는 이야기를 들려주었다.

　"한 아홉시쯤 되어서 메기도 얼추 몇 마리 잡았고 해서 집에 갈까 생각 중이었는데 숲에서 흙이 혹 날아 오는 기라. 라이트를 비춰보니 숲에서 새파랗게 불을 켠 눈 두 개가 보이는 기라. 돌을 던져서 쫓아내고 다시 메기 낚시에 정신이 없는데 한참 있으니 또 흙이 후두둑 날아오는 기라. 다시 라이트를 비춰보니 이번에는 불이 새파랗게 켜진 눈이 네 개인 기라. 그놈이 다른 놈을 데리고 온 거지. 그래도 내가 겁은 좀 없는 사람인데 와락 무섭데. 저수지에 펼쳐놓은 낚싯대가 한 여덟 개쯤 됐는데 그걸 어떻게 챙겼는지 몰라. 저쪽에 있는 낚싯대를 가져오는데 소름이 쫙 끼치더라고. 정신없이 차를 몰아 집으로 돌아오다가 생각해 보니 잡아놓은 메기를 안 가져왔는 기라. 근데 다시 돌아갈 수가 있어야지. 그놈이 다른 놈을 데리고 올 줄은 몰랐지. 갔는 줄 알았제. 할 수 없이 잡은 메기는 그대로 두고 집에 돌아왔는데 그 후로는 다시는 밤에 메기 잡으러 안 갔지. 그놈이 납딱바리라 카는 놈 아이가. 두서너 놈 오면 정신을 홀린다고. 옛날에는 그놈한테 홀려서 죽은 사람도 여럿 되는 기라."

오! 그날 우리 개가 번개같이 따라간 검은 짐승이 그럼 납딱바리라는 그놈인가 하는데 다른 아저씨의 말이 이어졌다. "오소리이거나 너구리일 거야." 납딱바리는 딱 고양이처럼 생긴 놈인데 이 모든 짐승들 중에서 최고 영리한 놈이라는 것이다. "그기 검지는 않지." 대화는 다시 이어졌다.

"그 스라소니라는 놈도 안 있나. 무섭기는 그놈이 제일 무서운데 그놈은 밭으로는 잘 안 내려오지. 저 앞산 골짜기에 있는 산 밭에 가면 그놈이 한 번씩 보이거든."

아니, 스라소니! 멸종된 줄 알았던 그놈들이 아직도 이 곡란골을 무대로 살고 있다는 말인데 이 무슨 납량특집극이란 말인가. 그럼 바로 우리 집 위의 밭에 내려온 짐승이 오소리이거나 살쾡이거나 너구리, 또는 아기 정도는 거뜬히 잡아먹는다는 스라소니이거나 그런 놈들 중의 한 놈이란 말인데, 알고 보면 이 모든 짐승들이 밤이면 집 근처를 배회하고 있었단 말이 아닌가.

내가 어릴 적에 자타가 인정하는 이야기꾼이셨던 아버지는 저녁마다 동네 아이들을 모아놓고 온갖 산짐승들의 활약상을 들려주면서 방 안을 공포의 도가니로 몰아넣곤 했는데 그때 자주 등장하던 짐승이 바로 이 납딱바리였다. 그때 나는 이 짐승이 네모반듯하고 납작한 그런 모양으로 상상했는데 이번에 알고 보니 살쾡이라는 것이다. 이 대명천지에 납딱바리라는 수십 년 전의 짐승이 다시 호명되고 그 익숙한 이름에 유아기부터의 모든 추억이 일시에 떠오르는 것을 보면 나는 이미 먼 옛날의 인간이고, 내 정신의 근원은 좁은 오솔길을 걸어가던 것에 머물러 있는 것이다. 그때 길들은 넓지 않았고, 어두워지면 산짐승들이 눈에 불을 켜고 이 산 저 산을 쏘다녔고, 나는 당연한 듯이 그것들을 지켜보았다. 비라도 내리는 밤이면 멀리 공동묘지에서 보이던 불빛들도 아직 내 가슴엔 아련히 켜져 있다.

날이 밝은 아침에 어젯밤에 들은 이야기가 떠올라 저 캄캄한 숲을 올려다보니 숲이 예사로 보이지 않는다. 어쩌면 이곳은 지구에서 가장 오래된 곳인지도 모른다. 숲에는 캄캄하고 형체가 불투명한 원초적인 영혼들이 살아가고 있을지도 모르겠다. 그들이 가끔 인간에게 말을 걸기 위해 나타나면 인간은 그들과 나누던 영적인 대화를 상실해 버려서 다만 무서움에 몸을 떠는 것이다.

농사 짓는 일의 즐거움

올해는 비가 잦아서 농사가 풍성하다. 봄에 냉해를 입은 과수에는 열매가 적게 달렸지만 해거리하는 셈 친다. 농사는 초긍정적인 사고가 아니면 불가능한 일이다. 잦은 천재지변과 예상치 못한 사고가 종종 일어나기 때문이다.

시골에 오면서 적게나마 농사를 시작했다. 몸을 움직이기 위해서였다. 생산이 되고 몇 푼이라도 소득이 되면 일은 재미있어지게 마련이고, 해야 할 일이 생기면 몸은 반사적으로 움직이기 때문에 시골에 놀고 있는 땅에 뭐라도 심어보자는 생각이었다. 원래 있던 사과는 병이 잦아 노동의 대가도 찾기 어렵지만 그럭저럭 끌고 나가고 작년에는 작은 밭에 포도나무를 심었다. 심기만 하면 무럭무럭 자랄 거라고 생각했던 나무는 예상치도 못한 복병, 그러니까 물 때문에 시름시름 죽어가거나 자라지 않은 게 반이었다. 물이 많아서 탈인 나무였다. 포도는 물이 적어도 탈이지만 많아도 탈인 나무이니 물 관리가 그렇게 어렵다는 것을 그래서 알았다. 그래도 올해는 그럭저럭 살아남은 나무에 포도가 열리고 가족끼리는 충분히 먹을 만큼 된다. 품질 좋은 포도는 아니지만 이리저리 나눠 먹을 정도는 될 것이다.

비워져서 풀만 무성하던 밭은 갈아서 마늘을 심었다. 극한의 노동은 어려운지라 심을 때와 뽑을 때는 인부를 불러 썼다. 노동이 지나치면 그 또한 질병이 되는지라 적당한 정도의 노동이 무엇보다 필요하기 때문이다. 마늘을 심고 스프링클러를 설치하고 이른 봄에는 잡초를 뽑고 때때로 물을 주면서 관리한 결과 남들만큼의 수확은 거두게 되었다. 대부분은 팔았지만 주고 싶은 이에게는 선물로도 주면서 농사 짓는 재미를 만끽할 수 있었다. 나도 모르는 동안 피부는 검게 탔지만 그만큼 근육의 힘은 강해지고 바쁘게 움직이는 동안 시간은 빠르게 흘러갔다. 내 몸이 아프다는 생각을 할 틈이 없었다.

우리는 이 마을의 농부들처럼 그렇게 일을 많이 할 수

는 없다. 노동으로 단련된 몸이 아니기 때문이다. 농사는 몸의 움직임이 필요하다는 결단에서 시작되었다. 질병은 움직이지 않는 몸 때문에 왔다는 것이 내 생각이다. 하루 종일 책상에 앉아 있는 몸이 반란을 일으킨 것이다. 농사를 지으면서 빠르게 질병이 치유되기 시작했다. 심어 놓은 식물에서 싹이 트고 자라고 수확하는 과정은 마치 아이를 키우는 것처럼 기대되고 설레는 일이었다. 포도밭에 가면 포도 순 하나, 열매 하나가 신비로움이었다. 솎아내고 나면 며칠 후에는 부쩍부쩍 씨알이 굵어지는 사과는 새로운 세상의 설렘이었다. 그러다가 일순간에 병충해가 과수원을 덮치거나 우박, 태풍이 휩쓸고 지나가면 빠른 포기가 필요했다. 내년이 다시 기약되어 있기 때문이다.

기약이라는 말은 얼마나 좋은가. 내게도 새로운 내년이 있다는 것, 미래의 시간은 언제나 당연한 듯이 도래할 것이라는 믿음이 그 기약이라는 말 속에 포함되어 있기 때문이다. 그렇게 농사는 반만 내 것으로 해도 성공이라는 농부들의 말이 뼛속 깊이 각인되었다.

아플 때는 미래를 기약할 수 없었다. 내일이라는 그 미래의 시간이 나에게 도래할지, 내게 주어진 시간은 이것으로 끝일지 알 수 없는 불안이 자꾸만 스며들었다. 농사를 지으면서 "올해 안되면 내년에 또 해보지 뭐!"라는 말속에 있는 내년이라는 말이 그렇게 달콤할 수가 없었다. 어느 때보다 그 미래의 시간이 내게는 절실했고 농사는 자연스럽게 그 시간을 내어주는 듯이 보였다. 나무를 심으면서 내년에 이 나무에 다시 싹이 트는 것을 볼 수 있을 것이라는 기대는 자연스럽게 생겨났고, 과일 나무를 심을 때는 그 열매를 오래오래 따먹을 수 있을 것이라는 기원을 남몰래 나무와 함께 심었다. 그렇게 체리 나무를 심었고, 노란 사과나무를 심었고, 블루베리를 심었다.

농사라고 할 것도 없지만 조금씩 재배하면서 나는 강한 긍정성과 실패한 것에 대한 빠른 포기, 그에 이어 내년에 대한 기대를 가지는 법을 터득했다. 실패는 영원한 것이 아니라 어쩌다 이번에 생긴 것, 다음에도 생길 수 있지만 성공도 같이 올 수 있다는 것을 농사에서 저절로 터득한 것이다.

내년에는 마늘 농사도, 포도 농사도 아주 성공적으로, 세상이 깜짝 놀랄 만큼 잘 지어볼 계획이다.

농촌 마을이 아프다

　마을에는 노인이 주를 이루다 보니 아프지 않다는 분이 없고 허리를 꼿꼿하게 펴고 걷는 분도 잘 없다. 모두 오랜 노동에 지친 몸으로 어기적어기적 몸을 뒤틀며 다닌다. 농촌 사람들의 노동은 상상을 초월할 정도로 힘들다. 도시에서 웬만큼 몸을 쓰는 일에 단련되었다고 자신하는 사람도 몇 시간을 못 버티고 손을 놓는 것이 농사다. 곡란골을 비롯한 이 근방은 들이 넓지 않아 산을 개간해서 과수 농사를 많이 짓는데 기계가 마음대로 드나들지 못하니 지금도 사람 손에 의존하는 경우가 많다. 그나마 농촌도 수입이 늘어나면서 경제적으로 안정된 집이 많지만 그렇게 평생 노동을 하던 사람들은 나이가 들면서 마치 바람에 이리저리 꺾인 나무처럼 몸도 휘어져 버렸다. 늙음 자체가 주는 노쇠도 있지만 힘겨운 노동에 부대낀 몸이 나이와 함께 무너지고 있는 것이다.

허리가 아프다는 어머니를 모시고 병원에 가서 환자 명단을 가만히 쳐다보니 대부분이 80, 90대다. 그나마 나처럼 젊은 사람이 노인의 휠체어를 미는 경우는 양반이고, 살펴보면 노인이 노인을 간병한다. 함께 허리가 굽어가는 노인이 휠체어를 미는 것을 보면 일터에서 열심히 일하고 있을 그들의 자식과 함께 우리나라의 복지라는 것에 대해서도 생각해 보게 된다.

나이가 들면서 노인들이 예사로 보이지 않는데 죽는 것보다 늙어가는 것이 어쩌면 더 두려운 일이 아닐까 하고 자주 생각한다. 자신의 몸을 스스로 돌보지 못하면 누가 돌보아 줄까, 문득 두려움이 생긴다.

부처는 29살의 나이에 생로병사의 고통을 헤아리기 위해 출가하였다고 하는데 이 생로병사라는 것이 어떻게 구체적으로 고통이 되는지를 청년기에는 잘 알지 못했다. 그러다가 스스로의 몸을 가누지 못하는 노인들을 보면서 다른 모든 고통보다 생로병사의 고통이 더 절박한 고통이 됨을 알게 된 것이다. 노와 병의 길에 들어선 노인들이 생사의 갈림길에서 고통받는 것을 볼 때마다 늙

음과 병의 고통에서 벗어날 방법은 없을까 하고 부질없
는 생각에 잠긴다.

사람은 자신의 몸으로 먹고 산다. 결국 자신의 몸을 갉
아먹으며 한생을 보내는 것이다. 우리 부모 세대는 자식
이 자신들처럼 몸으로 살지 않는 화이트칼라가 되기를
원했고 그 길을 위해 자신의 생을 희생했다. 시골에 살아
보면 자식을 공부시키기 위해 술과 담배를 일절 하지 않
고 살았다는 사람을 가끔 만난다. 도시에서 공부하는 자
식에게 돈을 보내기 위해 뼈를 깎는 노동과 금욕의 세월
을 보낸 것이다. 그렇게 산 사람들이 한 세대를 이루었고
이제 그 사람들은 늙음과 질병의 통증으로 고통받는다.

그러면서도 아직 쉽게 노동에서 벗어나지 못한다. 마
음보다 발이 먼저 들로 향하고 습관적으로 익숙한 노동
을 반복하는 것이다. 그러나 자식들 누가 알겠는가. 그래
서 나는 노인들에게 노동에서 벗어나라고 말한다. 지겹
지도 않냐고, 그 반복되는 노동이 진저리쳐질 텐데 뭐하
러 아직도 그러시냐고 말리지만 노인들은 쉽게 일을 놓
지 못한다.

병원에서 어머니의 허리와 무릎과 어깨 사진을 보면서
정말 고단했을 노동을 생각했다. 통증을 해결할 뾰족한
방법도 없이 이젠 그 통증마저도 몸으로 감당해야 할 시

기다. 어떻게 할 방법이 없다는 의사의 말은 다른 말로 늙음을 담담히 받아들일 수밖에 없다는 말이다. 뼈는 뼈 끼리 닿아 달그락거리며 통증을 만들어내고 몸을 지탱하 던 척추는 파열되어 제 기능을 하지 못한다. 제발 일 좀 그만하라는 말밖에 달리 할 말이 없다. 통증에 시달리는 사람은 엄마만이 아니다. 마을의 모든 노인이 억센 노동 의 훈장처럼 통증을 호소한다. 농촌 마을이 아프다.

양심의 맑은 눈이 밝혀 주는
무인 판매대

　마을에 복숭아 등 농산물을 파는 무인 판매대가 있다. 시골 생활이라는 것이 지나가는 강아지 손이라도 빌릴 판국이니 판매대 앞에 앉아 있을 사람도 없고, 또 그럴 필요도 없을 것이다. 소쿠리에 담긴 과일이나 호박 등등의 기타 농산물을 그냥 가져갈 사람이 누가 있겠는가. 팔리는지 안 팔리는지는 몰라도 농산물은 낮이나 밤이나 손님을 기다리며 가판대 위에 놓여 있다.

　돈을 넣는 돈통도 그냥 검은 비닐봉지를 나무 위에 걸어놓은 것이 전부다. 농산물을 가져다 놓는 할머니는 누가 가져가든 말든 개의치 않는 모습이다. 가판대 위의 과일을 그냥 가져가 먹는 사람은 그거 하나 사 먹을 돈도 없는 어려운 사람일 것이니 일부러 줘도 줄 것인데 가져가도 괜찮다니 어르신다운 품성과 배짱이 넉넉하다. 그런데 희한하게도 몇 년 동안 그냥 가져가는 사람은 없었다고 하신다.

양심이란 것은 자기 자신에 대한 감정인데 무인 판매대 위의 물건을 그냥 가져가는 것은 타인을 속이는 것이 아니라 자신을 속이는 행위이다. 그러니 그 판매대 앞에서 어떤 과일을 가져갈 것인지 망설이는 일은 있어도 돈을 넣지 않고 가져갈 사람은 없어 보인다. 아무도 보는 사람은 없지만 자기 자신이 보고 있지 않은가.

사람들은 언젠가부터 우리 사회에 도둑이 거의 사라졌다고 말하지만 무인 판매대의 물건을 그냥 가져가는 것은 도둑처럼 남을 속이는 것이 아니라 항상 거기에 있는 자신을 속이는 행위이기 때문에 쉽지 않은 일이다. 오히려 사람들은 무인 판매대 앞에서는 더 적극적으로 계산을 하고 온다.

만약 그 무인 판매대 앞에 할머니가 앉아 계셨다면 에누리도 있었을 것이고 덤도 있었을 것이다. 무인 판매대는 그런 소소한 재미는 누리지 못하지만 대신 자신의 양심을 속이지 않았다는 뿌듯함이 있을 것이다. 무인 판매대의 물건들은 대부분 몇만 원을 넘지 않는다. 기껏해야 과일 한 상자부터 적게는 몇천 원 하는 과일 한 소쿠리 정도다.

주인 할머니는 가끔 들러 부족한 과일이나 농산물을 채워 넣고는 또 밭으로 유유히 사라지는데 그 뒷모습에는 무인 판매대에 대한 의혹이 전혀 없다. 그냥 가져가거나, 계산하고 가져가거나 그 자체에 별 의미를 두지 않기 때문이다. 그냥 가져간다면 가난한 사람이 가져가서 먹을 것이니 그것도 기분 좋은 일이고, 계산하고 가져간다면 돈을 벌었으니 그 또한 기분 좋은 일이라는 것이 할머니의 말씀이다.

우리는 흔히 마음을 비운다는 말을 많이 하지만 사실 마음을 비우는 일은 쉽지 않다. 우리가 느끼는 고통의 대부분이 욕심 때문인 줄은 누구나 알지만 그 욕심을 버리기가 어디 쉬운가. 더군다나 물건이 돈으로 바뀌는 장사를 해 본 사람들은 사소한 것에도 마음을 비우기가 쉽지 않다.

현대인들의 모든 노동은 화폐로 바뀌고 있으며, 그 노동에서 파생되는 물건 또한 화폐 가치로 평가된다. 그러다 보니 자신도 모르게 모든 노동이나 물건이 화폐 가치로 바뀌는 것을 당연하게 생각한다. 그렇지만 무인 판매대는 그런 기존의 법칙에서 비켜나 있다. 무인 판매대를 만들 때부터 주인은 그냥 가져가는 사람을 생각했을 것이다. 그러나 그렇게 가져가는 것에 대해서 마음을 비움으로써 무인 판매대는 비로소 거기에 있을 수 있는 것이다.

지나다니면서 그 무인 판매대를 볼 때마다 나도 모르게 판매대 위에 얹힌 물건들을 살펴보는 습관이 들었다. 전에 보았던 호박은 팔렸는지, 복숭아는 얼마나 줄어 들었는지, 또 어떤 새로운 농산물을 가져다 놓았는지 호기심이 생겨서이다. 가끔 저녁 무렵이 되면 동네 할머니들이 그 무인 판매대 주변의 의자에 앉아서 풀 부채를 부치며 이야기를 나누는 모습도 보게 된다. 그런 날, 어떤 사람이 무인 판매대에 들르기라도 하면 할머니들이 덤으로 주는 농산물을 얻어 가는 행운도 누릴 것이다. 이 산골 마을에서 늙어가는 사람들은 도시의 셈법과는 다른 셈법으로 평생을 살아왔고, 또 앞으로 그렇게 살아갈 것이다.

사람이 할 수 없는 일

골목이 소란스러워 내다보니 할머니 두 분이 다투고 계셨다. 이맘때면 통과의례처럼 반드시 한 번은 하고 지나가는 물다툼이다. 모내기할 때쯤이면 마을마다 있는 저수지의 수문을 열어 도랑으로 물을 내려 보낸다. 윗논에서는 자기 논의 물을 가득 채우고 아래로 흘려 보내주고 싶고, 아랫논에서는 한시라도 빨리 물을 받고 싶기 때문에 위에서 막아놓은 도랑을 아래에서 헐기 마련이고 그러다 보면 다툼이 벌어지는 것은 정해진 절차이다.

절대 양보할 수 없고 억누를 수 없는 욕망이 자식 입에 밥 들어가는 것과 자기 논에 물 들어가는 것이라고 했다. 자식 입에 밥 들어가는 것을 빼앗겨 본 사람은 윗논 주인의 심정이 이해될 것이고, 배고픈 자식을 바라보는 사람은 아랫논 주인의 입장이 이해될 것이다. 오죽하면 자식 입에 밥 들어가는 것과 논에 물 들어가는 것이 가장 보기 좋다고 했겠는가.

그렇게 몇 번 골목이 소란스러워지고 나면 그 다툼이 마치 기우제가 된 것처럼 비가 내리고, 그 다툼도 비와 함께 언제 그랬냐는 듯이 끝나고 만다. 그러고는 지루한 장마가 이어지는 것이다.

올해는 유난스러운 가뭄 때문에 모두 물에 신경이 곤두서 있었다. 과수원의 물은 저수지의 물을 가져다 쓰기보다는 가까운 곳에 관정을 파서 지하수를 쓰기 때문에 아무리 가뭄이 심해도 물다툼은 벌어지지 않지만, 모내기만은 저수지의 물을 차례대로 써야 하기 때문에 다툼이 벌어질 수밖에 없다. 마을 이장이 못도감 말고는 저수지의 물을 함부로 건드리지 말라는 문자를 전 동민들한테 단체로 두어 번인가 보내왔었다. 못도감이라는 말은 처음 들어 봤지만 저수지를 관리하는 사람인가 하고 미루어 짐작했고, 모두 물 때문에 무척 예민해져 있겠다는 것도 그 문자로 미루어 짐작했다. 마당의 잔디와 나무에 주는 물도 이웃 눈치를 봐야 할 때였다. 내 물로 내 밭에 물 주는 것까지 눈치를 봐야 하나 싶겠지만 나는 농사를 짓는 것이 아니기 때문에 이웃보다는 덜 절박한 상황이었다. 물론 잔디가 마르고 나무가 말라가고 있었지만 그것 때문에 한 해 농사를 작파해야 하는 것은 아니기 때문이었다. 골목에서 벌어지는 물다툼을 들으며 눈치껏 마당과 텃밭에 물을 주고 있을 때 정말 거짓말처럼 비가 내렸다. 비와 함께 이웃간의 물다툼도 언제 그랬냐는 듯이 멈추었다. 부부싸움은 칼로 물 베기라지만 물싸움도 칼로 물 베기이다. 내 새끼 입에 밥 넣는 심정으로 다툰 것이라 비가 내리면 깨끗이 잊어 버리는 것이다. 다툰 당사자들이 서로의 입장을 이해하고 있는 것이 모내기철의 물싸움이기도 하다.

농사의 반은 하늘이 짓는다는 말을 곡란골에 와서 실감했다. 비가 오지 않으니 아무리 물을 주어도 땅을 제대로 적시지 못해서 채소나 과일이 제대로 되지 않고 꽃부터 먼저 피우기 일쑤였다. 열매도 열리지 않았고, 그나마 열린 열매도 말라갔다. 속이 탄 이웃들은 물차를 가져와 과수원에 물을 뿌려 보았지만 언 발에 오줌 누기였다. 그러다가 어쩌다 잠깐 내린 소나기에 우박이 함께 왔다. 마당에 하얗게 쏟아지는 우박이 신기해 좋아라 하며 구경했는데 다음 날 과수원에 올라가 보니 사과에 온통 흠집이 나있었다. 사람 힘으로는 어찌할 수 없는 자연의 일이었다.

　지난주부터 내리기 시작한 비는 이제 때맞추어 대지를 흠뻑 적시고 있다. 봄 내내 자라지 못한 채소와 더불어 잡초들도 이제야 일제히 기지개를 켜고 자라기 시작했다. 그 지긋지긋한 잡초의 푸른색이 다 반가울 정도로 이번 비는 그야말로 단비다. 사람이 어찌하지 못하는 일을 하늘이 해주고 있다.

시골 인심이 사납다고요?

　얼마 전에 주인이 바뀐 집 위의 밭 주인이 무슨 시설을 하려고 우리 땅을 좀 쓰자고 해서 거절했다. 그 시설이란 게 잠깐 하다가 철거하는 것이 아니라 영구적으로 하는 것이라서 당연한 거절이었다. 그랬더니 시골 인심이 뭐 이러냐고 한바탕 행패를 부리고 갔다. 난데없는 봉변이었다. 내 땅을 무상으로 영구적으로 쓰자는 것도 황당한데 시골 인심까지 들먹이면서 고함까지 지르는 것은 무례하기 짝이 없는 일이었다. 도대체 뭘 바라고 왔는지 궁금했다. 그가 알고 있는 시골 인심이란 게 필요하면 남의 땅도 무상으로 쓸 수 있는 것이었을까.

　살다 보면 가끔 무례한 사람을 만난다. 그들은 대체로

도시 사람으로 공짜로 뭘 원하는데 보고 있자면 사람이 저렇게 무례해도 되나 싶다. 팔고 남은 과일이나 시골의 농작물 따위를 그냥 얻어가도 된다고 생각하는 사람들이다. 기대한 만큼 얻지 못하면 시골 인심이 더 사납다는 말을 꼭 남긴다. 물론 여기 사는 나는 팔고 남은 과일이나 농산물을 공짜로 자주 얻어먹는다. 농사를 짓지 않으니 마을 사람들이 우리 집에는 으레 농산물이 없을 거라고 생각해서 이것저것 잘 주신다. 나는 그것이 시골 인심이라고 생각한다. 그렇다고 그런 것들을 공짜로 얻어먹는 것은 아니다. 마을을 나가다가 하루에 두 번 있는 버스를 기다리는 어르신을 보면 태워 드린다든지, 가끔은 수박 따위를 사 와서 갖다 드리기도 하면서 내 나름의 방식으로 그 고마움을 갚아 나간다. 예의 없는 사람이 되고 싶지 않아서이다.

땅을 그냥 좀 쓰자는 그 사람에게 필요한 만큼 땅을 팔 테니 사서 쓰라고 했는데 전혀 그럴 의사는 없어 보였다. 아마도 땅을 살 때 부동산에서 시골 사람들에게 말을 잘하면 땅을 좀 쓸 수 있을 거라고 했을 것이다. 내가 내 땅과 남의 땅을 분간 못 할 사람은 아니라서 말을 잘한다고 해서 땅을 내어 줄 마음은 없다. 시골 인심이 사나운 것이 아니라 그 사람이 무례한 것이다. 아무리 사소한 것이라도 남의 것은 대가를 치러야 한다는 것을 시골에 오면 무시하는 것 같다.

시골에서는 무언가를 잘 나눠 먹는다. 나는 어르신들이 밭에서 따주는 호박 한 개나 오이 한 개, 파 한 줌이 얼마나 귀한 것인지를 안다. 그분들은 나를 주기 위해 심은 것이 아니라 그분들의 자식을 주려고 키운 것인데 마침 내가 그 앞을 지나가면 불러서 나눠 주곤 하신다. 얼마나 고마운 일인가. 막 자라고 있는 열무를 뽑아서 주기도 하고, 딱 맛있게 영근 호박을 뚝 따서 주기도 하신다. 그러면 나는 또 그 고마운 마음을 기억하고 있다가 시장에 다녀오는 길에 빵을 사서 드리기도 하고 차를 기다리고 있으면 태워 드리기도 한다. 기브 앤 테이크, 오는 정이 있으면 가는 정도 있어야 하는 것이 인간관계의 기본이 아닌가.

시골 인심이 사납다고 생각하는 것은 기대한 것이 이루어지지 않았을 때 느끼는 감정이다. 생각해 보면 우리는 도시에서 남에게 공짜로 무언가를 기대하지 않는다. 물 한 모금도 대가를 치러야 마실 수 있는 것이 도시의 삶이다. 그런데 왜 시골에서는 모든 것이 공짜로 나누어진다고 생각하는지 알다가도 모를 일이다.

가끔 그런 사람을 볼 때는 예의가 없다는 수준을 넘어

서 무례하다는 불쾌감이 든다. 내 땅을 무상으로 못 쓰게 했다고 시골 인심 사납다고 고함을 지르는 것을 어떻게 이해해야 할까. 그러다 보니 그 사람과는 텃밭의 채소 하나도 나누지 않는다. 인심 좋은 이 시골까지 와서 그 인심을 느끼지 못하고 사는 그 사람이 딱할 뿐이다.

우박이 쏟아지고 난 후

누군가 누운 뼛조각처럼 대지를 따라 길게 마을이 놓여 있는 곡란골에도 여름이 찾아왔다. 한낮이 되면 여기저기서 들리던 경운기 소리도 멈추고 적막하다. 그 막연한 적막이 찾아오면 문득 낯선 기분이 들어 마을을 내려다보게 된다. 햇볕에 달구어진 마을 위로 뜨거운 열기가 솟아오르는 것 같다. 새벽부터 들판에 나가 있던 마을 사람들은 한낮의 더위에 모두 지친 몸을 쉬고 있을 것이다.

며칠 전에 제법 큰 우박이 쏟아졌다. 후에 과수원에 나가보니 과일에 우박의 흔적이 나 있었다. 과일이 막 자라기 시작하는 때라 아마도 수확기가 되면 피해가 심할 것이다. 우박이 과일에 피해를 줄 것이라고는 생각하지도 못했다. 노련한 농부는 이럴 때를 대비해 보험을 들어 두지만 아직 시골살이가 어설픈 나는 보험이라는 건 생각하지도 못했다. 그저 때마다 해야 할 일을 해 두면 당연히 수확은 잘 할 줄 알았다. 벌레 피해도 아니고 우박 피해라니, 사과밭을 둘러볼 때마다 기가 막혀 말문을 잊게 된다.

　나도 이럴진대 농사에 전적으로 의지하는 이곳 사람들의 마음은 더 착잡할 것이다. 오라는 비는 병아리 눈물만큼 내리고 난데없는 초여름의 우박이라니, 그날 잔디 위로 하얗게 쏟아지던 우박을 보며 나는 신기해서 함성을 질렀지만 그게 과일에 이렇게 큰 피해를 입힐 줄은 몰랐다.

　곡란골은 벼농사보다 과일 농사가 많은 곳이다. 평평한 대지가 적다 보니 마을 앞뒤의 산을 깎아 밭을 만들고 과일을 심었다. 그러다 보니 수확기가 되면 과일이 흔해 여기저기서 과일을 준다. 누구 말처럼 입이 없어서 다 못먹을 지경이 된다. 그러나 초봄부터 시작하는 농부들의 수고를 아는지라 그냥 얻어먹기에는 마음이 편치 못하다. 팔지 못하는 것이라고 주지만 그게 어디 그런가. 그런데 우박 때문에 농사를 시작하면서부터 피해를 입는다니, 자연현상을 도시에서 보는 것과 농촌에서 겪는 것은 천양지차이다.

　모두 농사를 짓는데 그냥 놀고 있기도 그래서 작은 포도밭을 만들었다. 봄에 비가림용 하우스를 짓고 포도 모종을 심고 싹이 트기를 기다리는 마음에 설레임이 넘쳐났다. 싹이 트지 않으면 어쩌나 하는 조바심으로 매일매일 하우스를 드나들었는데, 어느 날 가보니 그렇게 애지중지하던 포도 싹을 누군가가 싹둑싹둑 잘라 먹어 버렸다. 틀림없이 고라니 짓일 것이다. 포도 싹을 살피는 데만 신경을 썼지 산짐승이 그 하우스에 드나들 줄은 정말 꿈에도 몰랐다. 마을 사람한테 이야기를 했더니 무릎을 쳤다. 산짐승이 싹을 뜯어 먹는 걸 당연히 알고 있을 거라고 생각했다는 것이다. 그 당연한 것을 몰랐던 우리는 부랴부랴 하우스에 문을 달고 매의 눈으로 산짐승을 지키고 있다.

　지금까지 내가 알고 있던 것은 현상의 한 면뿐이었다. 나는 보기에 좋은 것을 좋다고 말하고 살았지만 보기에 좋은 것이 겪고 살기에 좋은 것은 아니었다. 마치 누군가의 뼈처럼 길게 놓여 있는 마을의 집집마다 겪고 살았을 것들을 가끔 생각한다. 도시와는 다른 시골의 삶이란 것은 자연과 가장 가까운 것이고, 자연현상에 기대야 하는 것이고, 사람의 의지대로 할 수 없는 것이 더 많은 것이다. 그래서 마을에는 당나무가 있고, 해마다 한 번씩 금줄을 두르고 제사를 지내는 커다란 바위가 있다. 그걸 누가 미신이라고 함부로 말하겠는가.

농촌에는 농촌 특유의 삶이 있다. 농부들은 항상 자연을 경계하고 조심하며 계절에 민감하다. 주변의 짐승들을 당연히 거기 있어야 하는 한 생명으로 인식하고 있으며, 그들은 쫓아내야 할 대상이 아니라 함께 어울려 살아가는 것으로 생각한다. 그냥 거기 있는 생명들, 가끔 인간의 영역으로 들어와 인간의 것을 탐하기도 하지만 그렇다고 해서 죽이거나 쫓아내야 할 생명은 아니라고 여긴다. 그들은 그냥 거기 있고 사람인 우리는 그냥 여기 있는 것이다. 그 경계가 흐릿해지는 날도 있지만 크게 개의치는 않는다.

앞으로 점점 더 대지는 타오를 것이고 그 열기를 받아 과일은 맛있게 익어갈 것이다. 잠시 멈추었던 경운기 소리가 다시 들려온다.

움직이는 나무들

꽃들이 화염을 뿜듯이 터져 나오고 있다. 봄에는 꽃이, 여름에는 잎이 좋다. 여름에는 아주 작은 그늘이라도 그늘에 들면 더위가 금방 가신다. 곡란골에서만 누릴 수 있는 피서법이다.

나는 나무들의 수액이 모두 투명한 줄 알았다. 그런데 붉은 꽃이 피는 나무는 수액도 붉고 노란 꽃이 피는 나무는 수액도 노랗다는 걸 알았다. 그러니까 나무는 온몸의 피를 동원해 꽃을 피워 올리는 것이다. 그것을 우연히 홍매화의 가지를 자르다가 알았다. 꽃이 피기도 전에 줄기가 먼저 가지 전체에 붉은 수액을 돌게 해서 그 끝에 꽃을 피우는 것이다. 나무의 그 안간힘이 애처로워서 가지를 치다가 잠시 멍하게 앉아 있었다.

꽃이 지고 나면 주렁주렁 달리는 열매를 건사하느라 나무는 또 힘겨운 날들을 보낸다. 그렇다고 열매가 없으면 나무가 편해지는 것도 아니다. 열매를 따고 나면 나무는 더 이상 안간힘을 다해서 수액을 뿜어 올리지 않는다. 나무가 안간힘을 다하지 않는 그 시간이 오면 마치 주름이 자글자글한 노인처럼 나무도 늙어 버린다. 나무도 지쳐서 그만 쉬고 싶은 것이다.

어제는 너무 많이 달린 사과 열매를 솎아내는 작업을 했다. 휘어진 가지들은 열매를 솎아내자 좀 가벼운지 몸을 들어 올렸으나 다시 열매가 굵어지면 지금보다 더 휘어질 것이다. 그렇게 열매를 솎아내는 것을 나무는 좋아할까 아니면 싫어할까 잠시 생각했다. 나무는 아마도 몸이 휘어도 열매들을 모두 달고 살기를 원할 것이다. 사람도 그러하지 않은가. 새끼가 열이라도 짐승은 새끼를 버리지 않는다. 나무라고 다를 리 없다고 나는 믿는다.

나무가 움직인다는 것을 나는 이 곡란골에 살면서 알았다. 사람이나 짐승은 자신의 발로 움직이지만 나무는 열매를 통해 움직인다. 지난해 저 멀리 있던 나무가 올해는 우리 집 마당에 있는 경우도 있고, 어디서 왔는지도 모르는 나무가 엉뚱한 곳에서 자라는 경우도 많다. 나무의 이동이다. 아마도 나무는 역마살이 들어서 더 멀리 가고 싶을 것이다. 그래서 해마다 열매를 주렁주렁 달고 돌아다니는 꿈을 꾸는지도 모른다. 그런 것들은 스치면서 그냥 알게 되는 것도 있지만 대부분은 깊이 들여다보아야 알 수 있는 것들이다. 상대를 깊이 본다는 것은 내가 그에게 스미고 그가 나에게 스미는 것이다. 자주 깊이 들여다보면 나무의 말들이 들리기 시작한다. 마치 새들이 지저귀듯이 나무들은 잎이나 꽃, 열매로 말을 한다.

봄이 되면서 작은 소나무 하나가 돌 틈에 자라기 시작했다. 근처 산에 있는 소나무가 사람이 그리워서 집으로 들어온 것이다. 산속의 어느 나무가 우리 집으로 들어왔을까, 산으로 가는 날은 소나무를 보면서 그런 생각을 한다. 얼마나 오래 걸어서 우리 집에 당도했을까, 그렇게 우리 집에 닿은 소나무에 나는 자주 물을 주고 들여다 본다. 마치 지친 여행자를 돌보듯이.

사방이 나무고 풀이지만 내게 닿은 것들은 늘 각별해서 자주 눈길을 주고 바라보게 된다. 그들이 내게 오면서 무심하던 것들이 나와 관계를 형성하기 시작했고 돌봄의 눈길로 바라보게 되었다. 얼마나 우연한 관계이면서 엄청난 관계인가.

울타리로 심은 남천에서는 하얀 열매가 달리기 시작했

다. 나는 이 나무를 볼 때마다 "南天(남천)과 南天 사이 여름이 와서/ 붕어가 알을 깐다."는 김춘수의 시 「남천」을 떠올린다. 우리 집에도 남천과 남천 사이로 여름이 왔다. 가까운 저수지에서는 붕어가 알을 까고 있을까.

자연에 기대어 사는 사람들

자연과 멀어진 도시는 기후재앙에 대해서 별로 체감하지 못한다. 기껏 해 봤자 좀 더 덥다든가 예상 못 한 폭우가 내린다든가 좀 더 춥다는 것을 느낄 것이다. 그것마저도 매스컴에서 그러하다니 그러한 줄 알 뿐 몸으로 기후를 직접 느끼기는 어렵다. 여름이면 시원한 에어컨이, 겨울이면 난방 잘 된 실내에 살면서 기후의 변화를 제대로 느끼기가 쉽지 않기 때문이다. 오죽하면 계절의 변화마저도 모르고 살다가 나뭇잎이 무성해서야 여름이 온줄 알고 깜짝 놀라기를 반복할까.

시골은 그 모든 기후를 직접 몸으로 느끼면서, 때론 그 기후를 극복하기 위한 방안을 연구하면서 살게 된다. 올해는 난데없는 봄 추위가 닥쳐서 꽃들이 얼고 과일나무의 열매가 맺지 못했다. 얼어서 말라버린 꽃이, 오그라드는 잎이, 열매가 없는 나무가 바로 눈앞에 있다. 자연재해를 피하기 위해서 비닐하우스를 많이 하는데 그 비닐하우스가 또 기후재앙의 한 원인이 된다.

한여름에 비닐하우스가 많은 지역에 가보면 열섬현상처럼 밤이 되어도 뜨거운 기운이 식지 못하고 열기를 그대로 간직하고 있는 경우가 많다. 그 지역을 벗어나면 아무리 한여름의 폭염이 내리쬐던 지역이라도 밤이 되면 금방 기온이 내려간다. 흙과 나무가 뜨거운 기운을 식히기 때문이다.

기후재앙을 피하기 위해 연구하는 방법이라는 게 결국은 또 기후재앙을 부추기고 있을 뿐이다. 이 모든 것은 생산의 이름으로 자행되는 자연에 대한 폭력이다.

올해는 유난히도 더웠다. 여기서 조금만 벗어난 곳도 밤에는 뜨거웠지만 인위적인 시설이 거의 없고 자연 그대로인 이곳에 들어오면 금방 시원해진다. 아무리 더웠던 낮이라도 밤이 되면 기온이 식기 때문에 열대야는 없다. 이곳에 와서 가장 좋았던 것이 밤이 되면 에어컨을 끄고 지낼 수 있다는 것이다. 밤새 에어컨을 껐다가 켰다가를 반복하면서 잠을 설쳤던 도시에서의 여름밤을 생각하면 가히 천국이다.

절기를 비켜 갈 수는 없어서 입추가 지나면서 많이 시원해졌다. 연일 40도를 오르내리던 야외 온도는 30도 정도로 내려왔다. 밤에는 창문을 닫는다. 이 정도만 해도 한결 선선해진 것이, 이제야 사람이 마음 놓고 살아갈 수 있을 것 같은 날씨다.

시골에 살아보면 있어야 할 것은 있고 없어야 할 것은 없는 이유가 있다. 가령 집 뒤의 작은 계곡은 폭우가 내리거나 태풍이 몰아치면 그제서야 산의 물을 콸콸 쏟아내지만 만약 이게 없다면 산 아래 있는 집들은 모두 산에서 쏟아지는 물을 피할 방법이 없을 것이다. 언젠가 도시에서 온 사람이 이 계곡을 길로 만드는 연구를 하는 것을 보았다. 길이 하나 더 만들어진다고 해서 그렇게 표나게 편해질 것은 아니지만 이 계곡이 없다면 우리 집을 포함해서 아랫집들은 모두 물난리를 겪을 수밖에 없다. 재해는 이렇게 해서 온다. 마을이 생기기 전부터 있었을 이 계곡은 그동안 산의 물을 받아 내느라 더 깊이 파였을 것이지만 마을 사람 누구도 이 계곡을 건드릴 생각을 하지 않았다. 그런데 편리만을 쫓는 사람이 보기에 이 계곡은 물도 흘러내리지 않는 마른 계곡으로 보였던 모양이다. 모든 것은 있을 만해서 있는 것인데 그러한 자연의 순리를 그 사람은 받아들일 수 없었던 모양이다.

자연은 건드리는 만큼 재앙으로 돌아온다. 기후재앙을 직접적으로 느낄 수 없는 사람들은 대지를 오직 개발논리로만 대한다. 재앙이 그 뒤에 숨어 있음을 그 자리에 오래 살아온 사람들은 안다. 사람들은 자연을 거슬러 살아가는 것이 아니라 자연에 기대어 함께 살아가기 때문이다.

이른 봄의 냉해도, 한여름의 폭염도, 한 해에 몇 번은 있을 태풍도 그럭저럭 견뎌왔고, 그 한 해의 일에 사람들은 일희일비하지 않는다. 내년에는 또 내년의 일이 있을 것이기 때문에, 어려웠던 해는 다음 해를 기약하기 때문이다. 사람의 힘으로 어찌하지 못하는 자연을 사람들은 거스르지 않는다. 그것이 시골에 사는 사람들의 지혜이다.

적막한 평화가 나를 자유롭게 할지니

어두워지면 개구리 울음소리가 요란하다. 모심기 철이 되면서 물 만난 개구리들이 밤새 울어대기 때문이다. 물을 좋아하는 개구리는 물 냄새가 나기 시작하면 요란스레 울기 시작한다. 그래서 비라도 내리는 날이면 개구리 울음소리가 비보다 먼저 마을에 닿는다.

물이 있는 논부터 언덕 밭까지 온 들판에서 요란스럽게 울어대는 개구리지만 그 소리가 시끄럽다고 느껴 본 적은 없다. 시끄럽기보다는 오히려 정겹다. 그 소리로 모심기 철이 되었음을 안다. 도시에서는 밤새 달리는 자동차 소리가 시끄러워 조용한 집을 찾아다녔는데 자연의 소리는 거슬리지 않는다. 사람은 본능적으로 살아 있는 생명에 대한 친근감이 있는가 보다.

어릴 적 개구리는 짓궂은 사내아이들의 좋은 놀잇감이었다. 이맘때면 익기 시작하는 보릿대를 잘라서 개구리 꽁무니에 꽂아놓고 바람을 불면 개구리 배가 볼록하게 부풀어 올랐다. 어떤 때는 하얀 부레가 개구리 귀 쪽에서 볼록볼록 솟아올랐다 사라졌다 하기도 했다. 지금 생각하면 개구리는 얼마나 괴로웠을까 싶지만 그때 아이들은 그러고 놀았다.

곡란골에 살면서 좋은 것은 순식간에 수십 년의 시간을 거슬러 유년 시절로 돌아갈 수 있다는 것이다. 마을은 그때 내가 살던 풍경과 그리 다르지 않다.

나는 어릴 때부터 대지를 잘 알았다. 흙의 겉모습만 보고도 그 땅이 비옥한지 황량한지 구별할 줄 알았고, 해가 질 무렵의 하늘 색을 보고 가뭄이 들지 비가 자주 내릴지 가늠할 줄 알았다. 바람을 통해 비의 냄새를 맡았고, 새들의 지저귐을 통해 그날 하루가 얼마나 청명한지 구별할 줄 알았다. 그것은 순전히 내가 시골에서 태어나 대지를 디디며 자랐고, 자연의 공기를 마시며 자란 덕분이었다. 하늘은 어느 하루도 같은 날이 없었는데 하늘에 떠가는 구름이나 해와 달의 색을 통해 계절을 분간했다. 일부러 배운 것이 아니라 살면서 저절로 알아간 것들이었다.

청춘의 시절, 불빛 반짝이는 도시로 들어가서 수십 년을 살면서 나는 바람의 냄새를 맡을 수 없었으며 달빛이 그윽하게 내린 대지를 걸을 수 없었고, 새들의 지저귐을 들을 수 없었다. 대신 질주하는 차를 보며 경쟁하는 법을 배웠고, 수없이 많은 사람 덕분에 내 안에 없는 허세를 안타까워했다. 즐비한 건물과 아파트는 삶의 공간을 넘어 재산 증식의 수단이라는 것을 배우는 데는 시간이 걸렸다. 시장에서 파는 채소들은 보드라운 맛을 잃어버리고 크고 보기 좋게 치장되어 있었다. 자주 그 보드라운 맛에 갈증이 났으며, 비가 내린 이튿날이면 틀림없이 부쩍 자라있을 식물들이 그리웠다. 내가 잘 알던 대지의 냄새, 대지가 주는 안온함, 불빛이 없는 어둠, 들리는 소리라곤 산새 소리뿐인 밤이 그리웠다. 도시의 밤은 너무나 소란스러웠고, 어둠은 점점 멀리 밀려나고 있었다.

나는 동틀녘의 대지를 잘 알고 있다. 벌레들이 꿈틀거리며 땅에서 기어 나오고 이미 잠에서 깬 새들이 아침을 재촉하는 시간, 들판에 그늘을 드리운 어둠이 서서히 물러나고 희미한 빛이 만물을 깨우는 시간, 그 꿈틀거리는 대지가 그리웠다.

밤이 되면 낮보다 더 큰 적막이 내려앉는 곳이 곡란골이다. 도시의 불빛은 이 곡란골까지 들어오지 않아 그야말로 완벽한 어둠, 천지창조의 시작 같은 어둠이 골골이 스민다. 나는 이 어둠을 사랑하여 깊은 잠에 들었으며, 몸은 회복의 시간에 들었다. 더불어 완벽한 자유가 찾아든다. 스스로 자신을 고립시켜 본 자만이 누릴 수 있는 이 완벽한 자유는 텅 빈 충만함과 더불어 내 몸을 채운다.

참깨의 추억

귀촌한 이듬해에 참깨를 심었다. 나는 절대 심지 말자고 했고 남편은 한번 심어보고 싶다고 해서 그 고집에 내가 졌다. 단, 참깨 수확할 때 절대로 나보고 도와 달라고 하지 말 것, 나는 무슨 일이 있어도 여름엔 참깨밭에 가지 않을 것이라고 단단히 약속을 받았다.

어느 해였던가, 시골집에 다니러 왔더니 엄마가 참깨를 찌고 계셨다. 참깨는 왜 벤다고 하지 않고 찐다고 하는지 모르지만 아무튼 참깨는 찌는 것, 엄마 혼자 그 힘든 일을 하시는 게 안쓰러워서 나도 일을 도왔다. 참깨는 일 년 중 가장 더운 삼복 더위에 수확하는데 잠깐이라도 수확 때를 놓치면 마치 봉숭아 씨앗처럼 참깨 송이가 벌어져서 씨앗이 흩어져 버린다. 그러므로 덥다고 수확을 늦출 수도 없어서 한낮의 폭염을 피해 아침저녁으로 일을 하게 되는데, 엄마 일을 도와드리고 온 그날 이후 몇 년간 여름만 되면 시름시름 앓았다. 더위를 먹은 것이다. 이유 없이 가슴이 답답해지는 것이 꼭 심장병을 앓는 것 같았고, 기력도 떨어지면서 고생을 했다. 그래서 참깨라면 절대 하지 말아야 할 농사 중의 하나라고 인식하게 된 것이다.

그러나 농사일이라곤 처음 해 보는 남편은 그 하얀 참깨 수확의 꿈에 부풀어 나의 만류에도 불구하고 참깨를 심었고, 드디어 수확 철이 다가왔다. 절대 참깨밭에 가지 않을 것이라고 약속했지만, 어쨌든 익어가는 참깨를 수확해야 하는 것은 자명한 사실, 새벽 5시쯤 낫 한 자루씩을 들고 밭에 나갔다. 하지 말라니까 해서는 이 고생을 시킨다는 나의 투덜거림도 해가 떠오르고 이글거리는 태양이 참깨밭을 비추면서는 사라지고 묵묵히, 입 다물고 참깨만 쪘다. 더위 때문에 입을 열 기력도 사라진 것이다.

그 이후, 남편에게도 참깨는 절대 심으면 안 되는 작물이 되었다. 무엇보다도 한여름의 폭염 아래 수확하는 모든 농산물은 심으면 안 되는 것으로 철저하게 각인되었다. 정말로 끔찍한 일이었다. 그 자잘한 참깨는 수확하고 난 이후에도 볕에 말려서 털어야 하는 고난도의 작업이 기다리고 있었다. 지금 같은 이 무더위에, 우리가 왜 이걸 심었을까 하는 후회를 뼈저리게 했지만 이미 때는 늦었다.

시골에 오면서 놀고 있는 밭에 농작물을 심어볼 궁리를 했다. 무엇보다 밭에 작물이 자라고 있으면 몸을 움직여야 할 것이고, 그것이 나를 건강하게 할 것이라고 생각했다. 만병의 근원은 움직이지 않는 것, 특히 의자에 앉아 하루를 보내는 것이야말로 건강의 적이라고 생각해서 시골에서는 움직이기 위한 방법을 연구해야만 했다. 결국 텃밭을 넓히고 농작물을 심으면서 강제적인 움직임은 많아졌는데 패착은 그 참깨 심기에서 왔다. 그 이후로 참깨는 절대 심으면 안 되는 작물이고 참깨 가격이 아무리 비싸도 투정하지 않아야 한다고 여긴다.

농사짓기의 어려움이야 말해 무엇하리. 농사짓기의 어려움 가운데 최고의 난이도가 있는 작업은 햇볕 아래에서 일하기다. 기상청에서 말하는 온도는 35도 내외지만 햇볕 아래 있을 때의 온도는 항상 40도를 넘어선다. 온열질환으로 사망하는 뉴스가 남의 일이 아니다. 나는 온열질환을 개구리 삶기에 잘 비유하는데, 개구리를 찬물에 담가서 서서히 끓이면 별 저항 없이 죽어간다는 이론처럼 햇볕에 나가서 일하면 사실 그렇게 더운 줄을 모른다. 시원한 새벽부터 서서히 온도가 올라가기 때문에 몸이 적응해 버리는 것이다. 흐르는 땀도 견딜 만하고 더위도 참을 만해진다. 그러다가 쓰러지는 것이다.

우리가 하루도 빠짐없이 먹는 농산물은 바로 농부들의 이런 극한 노동으로 얻어진 것들이다. 그러니 이 여름만이라도 농산물을 비싸다고 하지 말고 사 먹었으면, 농부들이 때론 목숨을 걸고 키운 작물들을 우린 먹는 것이다.

하늘과 바람과 비

여기 사람들은 모두 무언가를 키운다. 원래부터 평수가 어마어마하게 큰 과수원을 하는 사람도 있고, 도시에서 들어와 도무지 이해할 수 없도록 꼼지락거리면서 텃밭을 가꾸는 사람도 있다. 평수가 큰 과수원을 하는 사람은 그에 걸맞게 일도 시원시원, 희망도 포기도 시원시원하다. 어찌 보면 농사는 로또와 같다. 사람과 하늘과 대지의 운이 모여들 때 농사는 성공한다. 농사의 성공이라는 말이 좀 어폐가 있지만 비와 바람과 햇살이 적당하고 토질은 보슬보슬하고 사람이 건강하고 부지런할 때는 당연히 풍년이 든다. 그러나 풍년이 든다고 성공하는 것은 아니다. 너도나도 모두 풍년가를 부르면 한 해 농사는 본

전을 건지기도 힘들다. 풍년 든 만큼 무엇이든지 푸짐해서 가격이 바닥을 기어가기 때문이다.

앞집 과수원의 복숭아가 올해 유난히 굵고 탐스러웠다. 나날이 굵어지는 복숭아를 보자니 도대체 저게 얼마나 굵어질지 은근한 기대심리마저 생기기 시작했다. 비가 한 번 오고 보면 또 더 굵어져 있고, 그다음 비가 지나가면 또 더 굵어져 있기를 여러 번 반복한 끝에 아저씨는 드디어 수확에 나섰다. 그 복숭아는 다른 밭에 비해서 맛있는지라 몇 개 얻어먹으려고 얼쩡거리니 주인 아저씨는 땀을 물처럼 흘리면서도 싱글벙글 웃음을 감추지 못했다. 가격이 예년에 비해 훨씬 높다는 것이다. 봄에 몇 차례나 찾아든 냉해 때문에 올해 과일은 고전을 면치 못했는데 알 솎기를 할 때 애기 복숭아가 안 보일 정도로 띄엄띄엄 남겨두던 아저씨네 복숭아는 냉해 피해를 입은 것을 모두 솎아 내고도 원래 남겨야 할 양만큼 남았고, 거기에 유난히 잦은 비가 더해서 복숭아를 엄청 굵게 만든 것이었다. 좋아서 싱글벙글거리면서 살짝 벌레가 먹은 복숭아를 바구니 가득 담아주셨는데 가격이 비싸다니 얻어먹는 마음도 편하고 좋다.

그러나 이럴 때만 있는 것은 아니다. 가뭄이 심해서 산밭에 있는 이 복숭아의 씨알이 도무지 굵어지지 않을 때는 당연히 가격이 쌀 수밖에 없는데 그럴 때도 아저씨는 시원하게 현상을 받아들이신다. 굵어야 가격을 제대로 받는데 비가 안 오니 어쩔 수 없다는 것이다.

그렇게 마을 사람들이 대부분 키우는 복숭아도 있지만 귀촌한 사람들이 돌보는 텃밭에는 온갖 희귀한 채소들이 자란다. 생전 보지도 듣지도 못한 채소까지 키우는 사람은 대부분 도시에서 들어온 사람들이지만 그들의 재배기술이란 뻔해서 내 눈에도 그저 키우는 재미 반, 뜯어먹는 재미 반으로 보인다. 그렇지만 모두 채소를 키우는 마음만은 진심이어서 농부들보다 더 정성을 들이지만 그 수확량이란 게 보잘것없음은 당연한 일일 것이다.

과일이나 채소만 키우겠는가. 집집마다 대문간을 지키고 있는 강아지나 고양이들은 사람보다 훨씬 많다. 우리집만 해도 사람 둘에 짐승 셋인데 이 짐승들은 낮에는 낮잠을 자거나 그늘에 누워 있다가 사람이 지나가면 괜히 서너 번 컹컹 짖어보는 것으로 밥값을 한다. 오전에는 아예 깊은 잠에 들어버리는 고양이는 뒷마당에 뱀이 얼씬거리지 못하게 하는 것만으로도 충분히 귀여움을 받을 자격이 있어서 비싼 사료는 아주 당연하게 제 몫으로 안다. 나는 이제 이 골목 안 짐승들의 얼굴만 봐도 누구네 짐승인지 알 수 있고 이들도 내가 어디쯤 사는 사람이란 걸 알아서 개들은 짖지도 않고 꼬리를 흔들거나 고양이는 발에 감겨서 괜히 애교를 떨곤 한다.

생명을 키운다는 것은 내 생명을 함께 키운다는 것이다. 다른 생명이 자라는 것을 보면서 내 몸은 함께 건강해졌다. 뾰족하게 싹을 틔우고 잎을 내며 무럭무럭 자라는 채소나, 주먹만 하던 짐승이 서너 계절을 지나면서 몸을 키우는 것을 보면 살아있는 생명의 기쁨과 희열이 내 몸으로 그대로 전해지는 것이다. 도시에서 굳이 이 시골까지 들어와 사는 사람들은 모두 생명이 전해주는 기쁨과 희열을 아는 사람들이다. 서툴고 때론 우스꽝스럽기도 하지만 그들이 키우고 돌보는 생명의 건강한 기운이 마을에 가득 넘친다. 새벽의 햇살과 잊었다는 듯이 내리는 비는 그런 생명을 키우는 신의 손처럼 그 생명마다 스며든다.

할머니의 자가용

 늘 알고 있다고 생각했거나 한때 알고 있었다고 생각했던 도시는 산허리를 돌 때쯤이면 까마득한 먼 곳이거나 이제 나와는 상관없는 곳으로 생각되기 일쑤다. 그것은 나와는 멀어졌다. 도시를 떠올리면 그곳에서 참 오래도 살았다거나 아직도 남아 있는 도시의 우리 집으로 다시 돌아갈 수 있을까를 생각한다. 아마도 그럴 일은 없을 것이다. 늘 알고 있다고 생각했던 도시에 나는 이방인으로 한때 머물렀던 것 같다. 몸은 도시에 있으면서 머리는 여기에 와 있었던 것이 지난 수십 년의 내 삶이었다. 나는 이제 비로소 내가 있어야 할 자리에 있는 것 같다.
 앞집 아주머니가 사발이 자가용을 샀다. 반질반질 윤

이 나게 닦은 그 사발이 자가용은 뒤에 작은 짐칸이 있는데 거기에는 주로 호미나 물통 등이 담긴다. 아주머니는 그 사발이를 몰고 마을의 논과 밭 어디든지 가신다.

송화가루가 심하게 날려서 온 세상이 노랗게 물들어 버릴 때도 그 사발이만은 늘 윤이 났다. 물을 부으면 노란 물이 주르륵 쏟아지는 내 차는 거기에 먼지까지 더해서 차라고 할 수 없는 꼴을 하고 있었는데 모두 내 게으름 탓이다. 나보다 나이가 훨씬 많은 아주머니도 날마다 사발이를 윤이 나게 닦는데 나는 고작 기름을 넣을 때 자동 세차기에서 차를 씻는 게 전부다. 꼴이 말이 아니지만 먼지 날리는 봄날만 탓하고 있었는데 그 봄날은 나에게만 왔던 것인가. 골목에서 사발이를 만나는 날은 차를 몰고 쥐구멍에라도 숨고 싶어진다.

이 시골에도 예전처럼 힘들게 자전거를 타고 다니는 분은 잘 없다. 가끔 연세 드신 할아버지께서 자전거를 타고 다니시는데 아마도 오랜 습관처럼 타는 것 같고, 대체로는 크고 작은 사발이거나 좀 더 모험심이 있는 분은 킥보드를 타기도 한다.

얼마 전에는 킥보드를 타시던 동네 어르신이 넘어져서 병원 신세를 지기도 했다. 그러거나 말거나 나는 그 킥보드라는 걸 한 번은 타보고 싶은데 과연 중심을 잡을 수

있을지 걱정하느라 아직 실행에는 옮기지 못했다. 할아
버지도 타시는데 나라고 못 탈까 싶지만 아마도 못 탈 것
같다.

킥보드를 타고 싶은 마음은 스스로 생각해도 너무 위
험하다 싶어서 포기하고 있는데 대신 커다란 사발이 오
토바이에 자꾸만 눈이 간다. 읍내에 나가면 가끔 할아버
지들이 타고 다니는걸 볼 수 있는데 그 커다란 바퀴와 부
릉부릉 나는 소리 때문에 언젠가 그건 꼭 하나 사야겠다
고 생각하는 것이다.

예전에 몽골에 갔을 때 초원에서 그 사발이를 타본 적
이 있다. 초원은 눈으로 보기에는 평평해 보이지만 막상
오토바이를 타자 울퉁불퉁, 난리도 그런 난리가 없었다.
바퀴가 네 개이므로 넘어질 염려가 없으므로 여기저기
푹푹 파여서 울퉁불퉁한 초원을 신나게 달렸었다. 초원
에서는 무서운 말타기보다 역시 오토바이가 재미있었다.
어두워져 가는 초원을 달리던 그 기분이 아직 남아서일
까, 초원도 아니고 울퉁불퉁 비포장 도로도 아니지만 시
골길을 달리는 기분은 얼마나 좋을까 가끔 상상한다.

그런데 내가 그 사발이를 타고 다니면 동네 어르신들
은 틀림없이 그러실 거다. 그 이사 온 새댁 말이야, 커다
란 오토바이 타고 다니대? 차는 어쩌고 그거 타고 다니는

공? 이러시면서 소문은 하룻밤을 넘기기도 전에 온 마을에 퍼질 것이다. 그러면 뭐 어떤가. 할머니들의 소문이래봤자 고작 그런 정도로 소박하니 그렇게 소문의 주인공이 되어 주는 것도 나쁘지는 않다.

그런데 부릉부릉 사발이를 타고 다니면 걸어다니면서 이것저것 얻어먹던 그 재미는 사라지려나. 만나면 뭘 줄려고 기다렸다는 할머니들을 만나려면 아무래도 걸어 다니는 것이 나을 것도 같다.

가을

고택음악회

마을에 있는 난포고택에서 음악회가 열렸다. 전날부터 무대장치를 하느라고 장비가 들어오고 차들이 드나들었다. 음악회 하는 날은 적막하던 마을에 차들이 몰려들고, 밤이면 늘 캄캄하게 잠겨있던 고택이 형형색색의 조명으로 환하게 밝혀져 있었다. 사람이 살고 있는 고택이지만 그렇게 수많은 사람이 드나드는 것을 보니까 예전의 영화로웠을 한때가 떠올랐다. 집 앞 넓은 마당에서는 잘 차려입은 손님들이 드나들 것이고, 농사를 짓는 마을 사람들이나 종들이 고택의 문을 드나들었을 것이다.

난포고택은 봄이면 마당의 매화가 고택의 격을 높여주고 여름이면 울타리에 핀 능소화가 사람 어깨높이로 만들어진 흙담을 아름답게 살려준다. 집의 모서리에 자리 잡은 오래된 은행나무는 사시사철 우람하게 서서 오가는 사람과 집을 보고 있으니 고택은 시간이 정지되어 있는 공간이 아니라 지금, 여기서 우리와 함께 살아가는 집이다.

봄에 고택에서 능소화 줄기를 꺾어와서 삽목을 해두었다. 우리 집에도 주황색 능소화가 피어나는 풍경은 상상만으로도 얼마나 아름다운가. 고택은 마을의 중심 역할을 하고 있는데 주인 아저씨는 능소화 줄기를 좀 달라는 내 부탁에 흔쾌하게 얼마든지 가져가라고 하셨다. 덕분에 가벼운 마음으로 줄기를 잘라 올 수 있었는데 그렇게 고택은 마을과 유리되어 있는 것이 아니라 늘 함께 한다.

음악회가 열리는 밤에는 저녁을 먹고 두터운 옷을 가지고 산책하는 재미로 설렁설렁 걸어서 고택에 갔다. 이미 마당과 사랑채, 대청마루를 가득 채우고도 미처 집 안으로 들어가지 못한 사람들은 능소화가 있는 담 밖에서 안을 들여다보고 있었다. 나는 사람들이 앉지 않는 사랑채의 대청마루 아래에 자리를 잡고 음악회를 보았다. 이미 마음으로 가까워진 고택은 어디에 앉든 내가 앉아도 괜찮은 것처럼 보였다. 늘 보아오던 고택이 마치 화장을 한듯 아름다웠고, 특히 사랑채의 처마선, 날아갈 듯이 날

럽하게 하늘을 향해 뻗어있는 곡선은 처마 아래에서만 볼 수 있는 고택의 새로운 발견이었다.

난포라면 난초가 있는 밭 정도의 의미가 될 것이다. 곡란이라는 지명이 난초가 있는 골짜기라는 뜻인데, 예전에 이 마을에는 보기 드물게 귀한 난초가 자랐더. 특히 고택이 있는 자리에는 난초가 밭을 이룰 정도로 많았다고 한다. 물론 지금은 흔적이 보이지 않아서 아직 마을이 낯선 나는 가끔 난초라도 어디 보일까 하여 찾아보기도 한다.

아직 마을 사람들을 잘 알지 못하니 누가 마을 사람이고 누가 외지에서 온 구경꾼인지 분간할 수도 없어서 음악회가 열리는 날은 나도 객처럼 고택을 찾아들었다. 밤이면 적막만이 내려앉던 마을에 오랜만에 사람들이 북적였으나 돌아오는 길은 여전히 적막했다. 자동차의 불빛도 사라지고 마을 길을 천천히 걸어 오자니 내가 적막을 사랑하여 이 골짝에 들었으니 소란은 잠시였으면 좋겠고 적막은 오래 갔으면 좋겠다 싶었다. 난포고택은 1929년 조선총독부의 무라야마 지준이 전국의 풍수적인 길지를 조사한 적이 있는데 그때 선택된 36채 중의 한 집이다. 그래서인가, 집을 보러 이 마을에 왔을 때 나는 망설임없이 지금 살고 있는 집을 선택했었다.

곡란골에도 가을이 성큼 다가왔다. 사람들은 이제 만나면 나락을 언제 벨 것인가를 의논한다. 태풍에 누운 나락도 있고, 잡초가 많은 논도 있지만 가을 햇살에 나락은 노랗게 익어가고 있다. 과수원의 과일들은 이제 대부분 수확을 마쳤고, 집을 지키는 노란 감이 얼마간 남아서 꽃처럼 익어가고 있다. 아직은 푸른 저 풀들이 된서리를 맞고 나면 침묵의 계절로 들어설 것이다. 그러나 아직 얼마간의 시간이 있다. 가을이 우렁우렁 익어갈 시간이.

곡란골의 오래된 친구들

곡란골에는 사람보다 더 오래 마을을 지키며 마을 사람들의 태어남과 죽음을 지켜보고, 좀 더 세세하게는 아이들이 자라고 학교를 다니고 마을을 떠나 결혼을 하고 아이를 낳고 다시 마을로 돌아오는 그 순환의 과정을 가만히 지켜보는 친구들이 있다. 그들은 아이들이 자라 늙고 죽는 생과 사의 순환마저도 무연하게 지켜보았다. 어떤 것들은 수백 년 동안 묵묵히 지켜 보며 세월의 풍파를 견딘 것들도 있다. 새로 태어나거나 마을로 들어온 사람들은 처음부터 그랬던 것처럼 익숙하게 그들과의 새로운 삶을 시작한다.

마을 입구에는 북쪽에서 마을로 불어오는 바람을 막아

주는 방풍림 역할을 하는, 수백 년은 족히 된 늙은 느티나무와 회나무, 이팝나무가 있다. 가을이 되자 나무는 검붉은 단풍이 든 나뭇잎을 숲에 떨어뜨리며 겨울 채비를 하기 시작했고, 앙상한 줄기가 드러나자 언제부터 터를 잡았는지 알 수 없는 까치 둥지도 함께 드러났다. 그 느티나무 아래에는 마을 사람들이 모여 앉아 더운 여름을 보냈던 정자도 한 채 있는데 거기에는 자주 마을의 젊은 사람들이 모여 앉아 두런두런 이야기를 나누곤 했다. 가끔 산책길에 그 정자에 가면 바람이 가져놓은 먼지가 묻은 바둑판이 구석에 있는 것을 볼 수 있었다.

그것뿐이겠는가, 느티나무는 그 오랜 세월을 지나는 동안 이미 예언자가 되어 사람들은 나무 둘레에 금줄을 치고 때가 되면 동제를 지내곤 한다. 술과 음식을 올리는 제상이 나무 앞에 놓여 있는데 나무에 깃든 영혼의 예언자는 마을의 수호신이 되어 길흉화복을 점치며 액운을 물리치곤 할 것이다. 간혹 예의 없는 사람이 마을의 제사를 받아먹는 금줄 친 느티나무 아래에서 해서는 안 될 짓을 하는지 나무 근처에는 나무에게 예의를 차려줄 것을 부탁하는 현수막도 하나 있다. 그래서 나는 그 나무 아래를 지날 적에는 조용조용 지나거나 피곤해도 다른 나무 아래에서 쉬곤 한다. 나무는 마을의 액운도 막아 주지만 때로는 동티도 내리곤 하기 때문이다.

마을 가운데에는 산에서 내려오는 물이 흘러가는 개울이 있다. 개울에는 물만 있는 것이 아니라 천연기념물인 수달을 비롯하여 삵이나 왜가리, 고니, 청둥오리들이 산다. 나는 주로 이 개울 양쪽으로 나 있는 농로를 따라 산책을 즐기는데 한가로이 고기를 잡던 잿빛 고니나 왜가리가 기척에 놀라 후다닥 날아오를 때는 살짝 미안해진다. 항상 나와 함께 산책을 하는 우리 집 개들은 놀란 새들이 날아오를 때면 덩달아 흥분해서 풀쩍풀쩍 뛰곤 하지만 날아가는 새를 어찌 잡을 것인가. 가끔 검은 몸집을 드러내기도 하지만 대부분은 민첩한 소리로 존재를 알리는 수달은 그 긴 개울 어디서든 나타난다. 곡란골의 생명체들은 주로 이 개울을 중심으로 살아가는데 거기에는 사람들이 전혀 관심을 기울이지 않는 물고기들이 있을 것이고, 눈에 보이지 않는 수많은 생명체들이 갈대와 부들이 가득한 물가에서 살아가고 있을 것이기 때문이다. 어떤 날은 건너편 산에서 길을 잃어버린 고라니가 농로를 걷고 있을 때도 있는데 그럴 때면 나도 놀라고 고라니도 놀라서 후다닥 달아난다. 그러나 이미 나는 고라니가 달아나지 않더라도 새삼스럽지는 않다. 이 마을에 거처를 정한 후 밤마다 고라니 울음소리를 들으며 지냈기 때문에 이미 고라니는 앞산이나 뒷산 어디에고 흔하디 흔한 짐승으로 여겨지기 때문이다. 고라니는 다만 저 혼자 놀라서 뛰어 다닐 뿐이다.

　도시에서 살 때 나는 오직 사람에게만 신경을 썼고, 사람만이 세상의 중심인 줄 알았다. 사람을 제외한 다른 생명체들은 도시에서 비켜나 있어 사람이 없는 곳에 존재해야 하는 줄 알았다. 그러나 곡란골에 들면서 나는 가장 먼저 마을을 지키는 오래된 느티나무에 눈길을 주기 시작했고, 개울에 사는 모든 짐승들과 수백 년은 족히 대를 이어 살아왔을 풀들이 나와 다름없는 한 생명을 가지고 있음을 인식하기 시작했다. 내 생명이 하나인 것처럼 그들의 생명도 하나인 바, 거창하게 공존을 말하지 않더라도 이미 사람들은 너무나 당연하게 다른 생명체들과 공존하고 있었던 것이다. 그래서 우리는 자주 이런 말을 한다. 고라니가 밭의 상추를 뜯어 먹거나, 새들이 논의 나락을 쪼아 먹거나, 갈대나 부들이 무성하게 개울을 채우거나, 산돼지가 밭을 헤집어 놓는다 해도 "우짜겠노. 그들도 살아야 안 되겠나."라며 체념한다. 그 체념에는 다른 생명에 대한 존중이 깊이 스며 있다.

끝났다고 끝난 것이 아닌

생애 처음으로 사과 농사를 지었다. 이른 봄에 시작된 나무 소독부터 거름을 뿌리고 틈틈이 약을 치고 과수원의 풀을 베면서 봄이 가고 여름이 갔다. 그럼에도 불구하고 늦은 여름철 수확이 시작되니 반 정도의 사과가 썩어버렸다. 무엇이 문제였던가를 되짚어보니 약을 해야 했을 때 다른 일로 바빠서 두어 주 늦춘게 문제였다. 초여름에 우박을 맞긴 했어도 그럭저럭 잘 버티고 있다고 여겼는데 보이지 않는 곳에서 사과는 썩어가고 있었던 것이다. 뒤늦게야 과수 농사는 미리 예방을 잘해야 한다는 것을 알았지만 이미 사과는 많이 썩은 후였다.

시골에서 태어나고 자랐기 때문에 농사는 그럭저럭 할

수 있을 줄 알았다. 남들 씨 뿌릴 때 뿌리고 거둘 때 거두는 것이 농사라고 생각했다. 그러나 그 가운데의 시간에는 참으로 많은 농사꾼의 정성이 깃들어야 한다는 것을 몰랐다. 농작물은 주인의 발자국 소리를 듣고 큰다는 말의 의미도 이제야 알았다.

며칠씩 사과밭에 가지 않다가 가보면 여기저기서 탈이 나고 있었다. 매일 안방 드나들 듯이 드나들었으면 조금 탈이 났을 때 막을 수 있었을 텐데 우리는 늘 그 시기를 놓치고 뒤늦게 허둥지둥했다. 농작물이 주인의 발자국 소리를 들으며 큰다는 것을 농부가 매일 밭에 드나들며 보살핀다는 의미였다. 텃밭 규모의 사과 농사를 지어 보고서야 알았다. 우리가 사과 농사를 실패한 이유는 바로 그것이었다. 집 바로 곁에 농장을 두고도 매일 살펴보지 않은 우리의 무심함이 컸다. 주변의 사과밭에 가보면 밭이나 사과가 마치 안방에 놓인 사물처럼 반들반들했는데 우린 그러지 못했다. 물은 하늘이 주고 남들보다 훨씬 못하게 약이나 쳐주면 사과는 저절로 크고 잘 익을 것이라고 기대했던 것은 순전히 우리의 희망이었다. 사과는 더도 덜도 말고 딱 우리가 마음을 준 만큼만 우리한테 왔다.

살다 보면 관계에서 허물이 생겨 상처를 받을 때가 있

다. 관계는 딱 내가 마음을 준 만큼 나한테 온다는 것을 그때는 몰랐다. 늘 나는 더 마음을 주었는데 나에게 무심하다고 상대를 탓했다. 그러나 사과가 썩는다고 사과를 탓할 수 없는 것처럼 사람과의 관계에서도 문제가 생기면 그 허물이 나에게 있음을 이제는 안다.

환대의 관계라는 말을 자주 쓰지만 나는 상대를 얼마나 환대했던가. 그러나 모든 관계를 환대하라는 의미는 아닐 것이다. 사과도 작은 것은 미리 솎아내고, 너무 복잡하게 열려 있는 것도 솎아내어야 하는데 그것을 몰라서 손실이 더 컸다. 사과가 자라고 익을 무렵이 되어서야 어떤 사과는 솎아내었어야 하는데 그러지 못했음을 깨달았듯이, 어떤 관계도 미리 정리하지 못해서 문제가 된 것들도 있다. 관계라는 것이 상대적인 것임에도 마치 띄엄띄엄 사과밭에 들러서 둘러보고 말았던 것처럼 관계에서도 그런 경우가 많았을 것이다. 그러니 어찌 상대가 나를 환대하리.

그렇게 사과가 시원찮게 익었음에도 불구하고 주변 사람들이 그 사과를 많이 사주어서 익은 사과는 그럭저럭 대부분 팔 수 있었다. 하나의 사건이 마치 거덜난 것처럼 보여도 또 주변에서 도와주는 사람이 있는 것은 인간관계에서도 마찬가지이다. 그러나 사과가 좀 더 좋았으면 사과를 사주는 주변 사람도 좋지 않았을까 생각하니 사람과의 관계에서도 그러지 못한 것이 마음에 남는다.

대책 없고 겁도 없이 덤벼들었던 사과 농사는 절반의 성공으로 끝이 났다. 그러나 끝이 아닌 것은 올해가 가기 전에 열매를 키우느라 수고한 나무에게 거름을 주는 것으로 내년 농사를 다시 시작해야 하기 때문이다. 끝은 끝이 아니라 또 다른 시작임을 나무에서 배운다.

날마다 농사 세미나를 했으니

약 300여 평의 밭에 마늘을 심었다. 시골에 이사 오고 나서 이렇게 대량으로는 처음 심은 작물이다. 밭을 갈고 이랑을 만들고 비닐을 씌우는 일은 기계의 힘을 빌려 했지만 심는 일은 그럴 수 없어 외국인 노동자의 손을 빌렸다. 농부에게는 별것 아닌 소꿉장난 같은 평수지만 농사에 문외한인 우리 부부가 하기에는 태평양 바다처럼 넓은 밭이었다.

빈 밭에 무엇을 심을지 오랫동안 심사숙고했다. 농사 경험이 없으니 우선 키우기에 쉬워야 하고, 그러면서도 수고한 만큼의 대가도 있어야 하는 작물을 선택해야 했는데, 마늘은 우선 심을 때와 수확할 때만 고생 좀 하면 된다는 이웃 농부 아저씨의 권고에 팔랑귀가 팔랑거리면서 그만 솔깃해져 버린 것이다. 솔직히 말하자면 우리 스스로는 뭘 선택할 수도 없었다. 농작물을 심고 키우는 과정에 대해서 아는 것이 전혀 없으니 그냥 마늘 한번 심어 보자는 권고에 홍산 마늘이라는 신품종을 심게 된 것이다.

아직 도시에서 하던 일을 계속 하고 있어서 농사는 그냥 재미 삼아 해보자는 그런 가벼운 마음으로 시작해 보기로 했다. 그야말로 '할 것 없으면 농사나!' 그런 생각인가 싶겠지만 올해 봄의 텃밭 농사도 경험이라고 그걸 해보고 나서 '어찌 농사씩이나!'로 생각이 바뀌었다.

그렇게 얼렁뚱땅 마늘을 심어 놓고 나니 왠지 모르게 뿌듯해져서 시간만 나면 마늘밭을 둘러보게 되었다. 그런 우리를 보고 농사 경력 십 년 정도인 이웃은 "원숭이 새끼 만져 죽인다더니 그놈의 마늘 심어 놓고 눈병 나겠소."라고 웃었지만 어찌 눈병이 아니 나겠는가. 그 넓은 밭을 우리가 갈고 마늘을 심다니, 이건 우리 인생에서 사건이 일어난 것이다. 우리 눈에는 만경 평야를 방불케 하는 그 마늘이 심어진 밭을 볼 때마다 마치 만석꾼 농부처럼 흐뭇해지니 밭고랑이 무너져 내릴 정도로 둘러볼 수밖에.

그렇게 이삼일이 지나고 나니 마늘 뿌리가 내리기 시작했는데 까치란 놈이 마늘을 톡톡 쪼아내어서 비닐 밖으로 던져 놓았다. 날아가는 새를 잡을 수도 없고, "까치가 길조는 무슨, 흉조야 흉조!" 그러면서 밭을 돌아다니며 까치가 쪼아서 내놓은 마늘을 다시 심어주기도 했다. 진짜 농부들이라면 번거로운 일이겠지만 무늬만 농부인 우리는 그마저도 재미있었다. 그냥 심고 가꾸는 일 자체가 재미있었던 것이다.

마늘을 심기 전까지 우리보다는 훨씬 낫지만 역시 반풍수 얼치기 농사꾼인 이웃과 수없이 많은 마늘세미나를 했다. 그가 마늘세미나를 하자는 날은 심심하니 놀자는 날이었지만 "마늘세미나도 하고."라는 그럴듯한 핑계로 함께 밥도 먹고 수다를 떨며 낯선 시골의 긴 밤을 보내곤 했다. 농사의 '농' 자도 모르는 우리는 그 수많은 밤의 마늘세미나를 통해서 배운 것은 없었지만 막상 그가 빌려준 기계로 밭을 갈고, 준비해 준 토양살충제와 거름을 밭에 뿌리고 이랑에 비닐을 씌울 수 있었다. 그리고 역시 그가 구해준 씨 마늘과 또 그가 구해준 외국인 노동자 덕분에 무사히 마늘을 심을 수 있었다. 그러고 보니 우리는 스스로를 딴따라 농사꾼이라 하는 그가 아니면 밭조차 갈 수 없었고 외국인 노동자도 어디서 불러야 하는지 알 수 없는 막가파 농사를 시작했던 것이다. 자주 열렸던 시골 마당에서의 마늘세미나는 결국 그가 모든 걸 해주는 것으로 막을 내렸다. 앞으로 우리 마당에서는 또 다른 농사 세미나가 풍성하게 열릴 것이고 그때마다 내 귀는 세찬 바람을 맞은 것처럼 팔랑거릴 것이다.

곡란골에 들어오면서 농사를 지을 것인지 말 것인지 고민이 많았다. 집만 시골로 옮겨왔을 뿐 직장은 그대로여서 농사를 짓는다 해도 시간이 허락할지도 걱정이었다. 그러나 분명한 것은 우리가 시골로 온 이유인 몸을 쓰면서 살기 위해서는 적게라도 농사를 짓는 것이 좋겠다는 생각이었다. 행운인지 불행인지는 모르지만 마침 집에 딸린 과수원이 하나 있어서 먹는 채소 정도는 얼마든지 키워 먹을 수 있지만 과수원을 경작하는 것은 또 다른 일이었다. 결국 우리는 농사를 짓는 쪽으로 결론을 내렸다. 만병의 근원이 몸은 쓰지 않고 머리만 쓰는 삶에서 온 것이 아니었을까 하는 생각도 있었고, 적당히 몸을 쓰는 삶이 더 건강한 삶이라는 것은 짧은 시골 생활로도 얼마든지 깨달을 수 있었기 때문이다.

일전에 요즘 손과 발을 쓰면서 일을 하는 건 아프리카에서나 있는 일이라는 어느 정치인의 말이 밭에서 벌레에 물려가며 손발을 쓰고 일을 할 때면 문득문득 떠올랐지만, 한국의 많은 사람들이 손발을 쓰면서 일을 하고 있고 그 삶이 우리의 정신과 신체를 건강하게 한다는 것은 의심의 여지가 없다.

　곡란골에 들어와서는 그렇게 좋아하던 독서가 텃밭의 일보다 뒤로 밀렸다. 얼굴과 손발이 햇볕에 검게 탔지만 그만큼 나는 더 건강해졌을 것이라고 믿는다.

무위의 아름다움

구절초가 언덕 위에 하얗게 피었다. 구절초는 지금부터 늦가을까지 언덕 위를 화사하게 만든다. 집에 드나들때마다 보이는 저 구절초 때문에 가을이 깊어 가는 것을 안다.

시골살이의 꿈 가운데 하나는 아름다운 정원 꾸미기였다. 처음엔 주위의 풍경 자체가 아름다워서 굳이 정원을 꾸미지 않더라도 충분하지 않을까 생각했다. 특히 창으로 내다보는 풍경은 하나의 그림 액자 같아서 굳이 정원을 가꾸며 살아야 하는가 싶었다. 우리 선조들이 말하던 차경의 미학을 알 것도 같은 풍경이었다. 집과 밖이 소통하기 위해서 만들어 놓은 창을 통해서 수시로 바뀌는 바람과 풍경이 들어왔다. 차경의 풍경은 소유하지 않으면서 내 것으로 하는 향유의 미학을 품고 있다. 그러나 살면서 생각이 달라졌다. 주변 풍경을 집 안으로 끌고 오는 데 방해받지 않을 정도의 나무와 꽃을 심고 싶었다. 그렇게 심은 나무와 꽃이 지금은 제법 된다.

우리 집은 언덕 위에 있어서 집을 꾸미는 나의 인위적인 노력이 아무리 들어가도 결국 자연 그대로의 주변 풍경을 압도하지 못한다. 한국의 정원은 주변 풍경을 집 안으로 끌고 들어오는 차경의 멋을 최고로 친다. 주변국인 일본이나 중국의 정원이 인위적인 멋에 중심을 두고 있다면 한국은 자연 그대로의 멋을 우위에 둔다. 그것은 정원의 아름다움보다 민족성에 기인하는 바가 클 것이다. 한국인이 굳이 꾸미려 하지 않고 자연 그대로를 두고 보는 것, 그 무위의 아름다움을 멋으로 여기는 것은 사물을 있는 그대로 보려 하는 정서 때문일 것이다.

나 역시 그런 차경의 멋을 누리고 싶어서 처음엔 나무 한 그루 심는 것도 망설였는데 언덕 위에 심은 저 구절초만은 무위의 아름다움을 벗어난 인위의 아름다움을 보여주고 있다. 한 그루 작은 포기를 심은 것이 올해는 언덕 여기저기로 불어나 머지않아 언덕 위가 온통 구절초로 가득 찰 듯하다.

계절마다 아름다운 꽃들은 늘 따로 있다. 봄에 아름다운 장미는 가을까지 내내 피지만 그 색과 모양이 봄처럼 아름답지는 않다. 봄부터 지금까지 피고 지느라 오히려 지쳐 보인다. 꽃이 지쳐 보이는 것은 꽃보다 내 마음이 그렇게 본 까닭이겠지만 봄, 여름, 가을을 지나오는 동안 꽃도 얼마간은 지쳤을 것이다.

아침 일찍 이웃집에서 도토리묵을 가져왔다. 농사짓는 틈틈이 언제 도토리를 줍고 묵을 만들었는지 놀랍기도 했지만 벌써 도토리묵을 먹을 때인가, 그 계절의 변화가 놀라웠다. 농사를 지으면서 직접 자연과 어울려 살아가는 사람과 나는 곡란골이라는 같은 지역에 살면서도 자연을 느끼는 시간이 다른 것이다. 얼마나 자연과 밀착된 삶을 사는가의 차이일 것이다. 내게 자연은 관조의 대상인 면이 더 크지만 농부에게는 생활 공간 그 자체인 것이다. 가을이 왔는가 하는 사이에 이미 가을과 함께 사는 이웃은 도토리를 줍고 묵을 끓이면서 가을을 생활 속으로 가져왔지만 나는 그냥 보는 것에 그쳤다. 내가 완전한 곡란골 주민이 되지 못한 이유이다. 얼마나 더 살아야 이 마을에 깊이 뿌리를 내리고 자연의 변화와 더불어 그 자연을 내 생활 속으로 끌어들일 수 있을까를 생각한다.

작년에도 그 집에서 도토리묵을 가져왔다. 나눔도 나

와 이곳 사람들과는 차원이 다르다. 내가 줄 것은 별로 없지만 마을 사람들이 내게 주는 것은 참으로 많다. 아직은 서툰 나의 시골 생활을 마을 사람들은 그렇게 불쑥 내미는 도토리묵처럼 무뚝뚝하면서도 깊은 정으로 이 마을에의 정착을 도와주고 있는 것이다.

주는 것 없이 늘 얻어먹는 마음이 미안하면서도 도토리묵을 볼 때면 마치 구절초를 보는 것처럼 가을이 깊이와 있음을 실감한다. 산에는 이미 도토리가 가득 떨어져 있을 것이고 산짐승들은 겨울 채비를 하느라 바쁠 것이다. 보이지 않는 산 생활이 도토리묵 하나로 그려진다. 내게 보이는 산은 언제나 겉모습뿐이지만 그 속에서 가을을 맞이하는 생명들은 분주할 것이다. 아직은 그들을 바라보면서 천천히 그 속으로 스미고 싶다.

바람과 함께 사라지는 것들

아랫마을 입구부터 수 킬로미터에 걸쳐 있는 은행나무 가로수에 노란 물이 드는가 했더니 어느 하루의 세찬 바람에 잎이 모두 떨어져 버렸다. 덕분에 길가에는 때아닌 노란색의 향연이 펼쳐졌지만 나무들은 황량한 줄기를 드러내었고, 숨어 있던 까치집도 바람결에 드러났다. 앞으로 나무나 까치들이나 겨울의 찬바람을 온몸으로 고스란히 받아내어야 할 것이다.

그렇게 바람과 함께 사라지는 것은 노란 은행나무 이파리만이 아니다. 곡란리의 마을회관 앞에는 소녀상 조각 작품이 하나 있는데, 투박한 시골 소녀의 모습을 그대로 묘사한 듯한 이 작품은 그리 예쁘지 않던 어릴 적의 단발머리 소녀 모습을 하고 있다. 소녀상에는 겨울이면 코흘리개 아이들이 마을을 뛰어다니던 모습이 아른거리지만 실상 그 곁을 지나다니는 사람들은 이제는 모두 늙어 주름이 자글자글한 노인들이다. 가끔 소녀상 앞을 지날 때면 마을의 어르신들이 그 소녀상을 보면서 어떤 생각을 하실지 궁금해하곤 한다.

할머니들의 어릴 적 그대로의 모습인 소녀상은 아마도 동네 젊은이들이 늙어가는 어머니들의 청춘이 애틋하여 세워 둔 듯한데 희한하게도 그 소녀상에는 마을의 모든 할머니들의 얼굴이 스며 있다. 봄부터 겨울까지 일년 내내 농사일을 하고 마을의 좌판 장터에서 물건을 파는 할머니부터 산책 가는 나를 불러 나물을 뜯어 주시던 할머니, 굽은 허리로 유모차를 끌고 마을 산책을 나오시는 할머니 등 저마다 색깔이 다르고 말투도 다른 할머니들의 얼굴이 모두 있다. 그래서 그 소녀상을 보면 어떨 때는 넓은 밭에 배추를 키워 김장을 담던 할머니가, 또 어떨 때는 좌판에 앉아 수다 떠는 할머니가, 때로는 뒷짐 지고 설렁설렁 부채질을 하며 산책 다니는 할머니가 떠오른다. 볼살이 적당히 통통하고 인심 좋게 웃고 있는 입과 처진 광대뼈까지 딱히 어느 누구를 닮았다고 할 수는 없지만 그 모두를 닮았으므로 소녀상이라고 해도 좋고 어머니상이라고 해도 좋을 것이다.

한번은 산책을 하다가 어느 할머니 집에 들렀다. 대문이야 있는 둥 없는 둥 늘 열려 있지만 그 집에서 할머니를 보는 일이 쉽지 않은지라 마침 마당에 들깨를 널고 계시는 할머니를 보고 들어간 것이다. 할머니는 저온 창고에서 과일을 종류별로 찾아오더니 깎아 먹으라고 칼을 주고는 다시 하던 일을 하고 계셨다. 들깨를 널고는 무릎병으로 일찍 수확한 배추를 다듬고, 찐쌀을 만들기 위해 가마솥의 불을 돌보기도 하면서 줄곧 나보고는 많이 먹으라고 재촉을 하셨다. 좀 쉬시라고 해도 쉴 여가가 어디 있냐고, 그러면서도 막 이사 온 나의 호구 조사를 위해서는 부지런히 궁금한 것들을 이것저것 물어보셨다.

다시 한번 그 할머니 집에 놀러 가야지 해 놓고는 가을이 가고 겨울이 와 버렸는데 마을회관 앞을 지나가면 소녀상에서 그 할머니 얼굴을 본다. 이것저것 챙겨주시던 그 부지런한 손길이며, 우렁우렁한 목소리며, 자꾸만 더 챙겨주시던 농산물들이 소녀상의 미소에서 어른거리는 것이다.

수십 번의 계절이 바뀌고 찬 바람이 부는 인생을 살아오면서 할머니들의 얼굴은 비슷하게 생겨서 구분이 쉽지 않다. 너무나 닮은 할머니들은 어느 할머니가 어느 할머니인지 분간이 잘 가지 않아 동네를 다니면 갓 시집온 새 댁처럼 만날 때마다 무턱대고 몇 번이고 인사를 한다. 할머니들은 어찌나 닮았는지 집으로 놀러 오라는 말에 대답은 잘 하지만 어느 집으로 놀러 가야 할지 알 수가 없다. 같은 바람과 햇볕을 쬐고 비슷한 삶을 살아오신 할머니들은 이제 굳이 신산스러운 서로의 삶을 이야기 하지 않아도 서로가 서로를 잘 안다. 그렇게 다독이며 살아오다 보니 얼굴마저도 닮아 버린 것인가.

소녀상을 볼 때면 내가 아는 동네 할머니들의 얼굴이 스크린처럼 지나간다. 살아온 삶보다 살아갈 삶이 훨씬 짧은 할머니들은, 그러나 나보다 훨씬 일도 잘하고 목소리도 우렁우렁하며 활기가 넘친다.

몇 번의 찬 바람에 나뭇잎들이 모두 떨어지고 황량한 나무들이 여기저기 서 있지만 사실 나무들을 자세히 살펴보면 이미 작은 잎눈이 새로 나 있는 것을 볼 수 있다. 할머니들은 이미 속에 작은 잎눈을 품고 계시는 것은 아닐까. 그 잎눈의 힘으로 그렇게 우렁우렁 고함도 지르고 농사일도 거뜬히 하시는 것은 아닐까. 소녀상을 지나다 보며 아무래도 할머니들이 아침마다 소녀상을 보며 젊은 날의 기운을 받는 것은 아닐까 싶어 늦가을의 찬바람이 무색하기만 하다.

바야흐로 가을이

처서까지 갈 것도 없이 입추가 지나면서 더운 열기의 기세가 대번에 꺾여버렸다. 햇살이 낮아지면서 선선한 기운이 섞여들고 밤이 되면 어김없이 추워졌다. 절기는 누가 만든 것인지 실력 좋은 예언자처럼 한 치도 어긋남이 없다.

가로수의 단풍나무에서도 푸른색이 눈에 뜨이게 빠지면서 하루가 다르게 색이 바뀌고 있다. 도시에서라면 이렇듯 섬세하게 자연을 느끼지 못하겠지만 이곳에서는 자연의 예정된 일이 진행되고 있는 것이 눈에 보인다.

복숭아 농사를 많이 짓는 이 마을 사람들의 일도 이제 끝을 향해 가고 있다. 푹푹 내리쬐는 열기에도 아랑곳없이 복숭아를 따고 포장을 했지만 이제 밭에는 복숭아가 잘 보이지 않는다. 여름이 막을 내리면서 마을 사람들의 고단한 농사일도 한 차례 마무리되는 것이다.

늘 복숭아를 나눠 주시던 이웃집 아주머니는 올해 대상포진에 걸렸다며 고통스러워하셨다. 팔에 대상포진이 올라왔는데 그래도 일을 하지 않을 수가 없으니 볼 때마다 통증 때문에 힘들어하셨다. 사람의 몸으로 견디기 힘든 열기를 감당하며 복숭아를 땄으니 어찌 아프지 않겠는가. 농사는 맨몸으로 자연과 맞서야 하는 일이어서 여간 힘든 일이 아니다. 한여름에는 이글거리는 태양을 몇 번이나 쳐다보고 나서야 겨우 텃밭에 나가 먹을거리를 뜯어오곤 했는데 새벽부터 밭에 나가 계시는 동네 사람들을 볼 때면 놀고 있는 내 몸이 다 미안해질 지경이다.

며칠 전에는 이제 마지막이니 넣어두고 먹으라며 복숭아를 연달아 두 바구니나 주셨다. 고맙고 미안해서 받아먹는 손은 늘 움츠려 들지만 선별 작업에서 밀려난 복숭아의 맛이 탐나 주는 대로 받아왔다.

바야흐로 가을이 오고 있다. 여름의 뒤끝이라서 아직 대낮에는 덥지만 더위는 한풀 꺾여서 밤에는 창을 모두 닫아야 할 정도로 추워졌다. 산마을이라서 도시보다는 온도가 몇 도나 낮다 보니 가을이 빨리 찾아든 것이다.

계절은 온전히 그 계절만 있는 것이 아니다. 초여름은 봄이 섞인 여름이, 늦여름은 가을 섞인 여름이다. 여름이라는 계절 속에 이미 가을이 자리를 잡고 있다는 것이다. 옛 선현들은 그 이치를 깨달아서 세세하게 24개의 절기를 만들었고, 그 절기는 한 치도 어김이 없다. 여름이면 마냥 여름인 줄 알다가 어느 날 문득 찾아든 손님처럼 계절이 바뀌는 줄 알겠지만 실상은 그렇지 않다. 여름 속에 이미 가을이 스며 자연은 흘러가고 있었던 것이다.

자세히 살펴보면 기세 좋게 자라던 풀들 속에 보드라운 가을 풀들이 봄풀처럼 새롭게 자라는 것을 볼 수 있다. 곡란골에 들고서야 보게 된 것들인데 그 풀들의 색은 봄의 색처럼 연하고 새롭다. 가을이 되면 나뭇잎들은 갈색으로 변하고 풀들도 사그라지는 줄 알지만 그렇지만은 않다. 한여름의 열기에 성장을 멈추고 있던 풀들은 가을이 가까워지면서 다시 푸른 잎을 피워 올리는 것이다. 그러나 그것이 봄의 풀처럼 기운차지는 않다. 초록이 어딘가 애잔한 것이 풀도 얼마 남지 않은 자신의 운명을 아는 것처럼 보인다. 그 잎에 자그마한 슬픔을 물고 견디는 것은 아직 얼마간은 더 살아볼 만하다는 것을, 그래서 그 풀들을 뽑아내는 내 손도 얼마간 망설여지며 그 초록을 가만히 들여다보게 되는 것이다. 무엇보다 대상포진에

걸린 아주머니에게 휴식의 시간이 찾아온다는 것이 가을
이 오면서 가장 반가운 일이다.

쌀 한 가마의 수고로움

　문득 쌀 반 가마와 시 한 편의 원고료가 거의 비슷하다는 것을 깨달았다. 늘 원고료가 너무 적다고, 우리 사회는 예술가들을 너무 박대한다고 푸념했는데 그걸 깨달은 순간 할 말이 없어져 버렸다.

　시골에 온 이후 먹을거리의 대부분은 마을에서 조달한다. 쌀은 농사를 짓는 이웃집에 일 년 치를 미리 주문해 놓았고, 콩이나 참깨 등등도 마을 할머니들이 지은 농산물을 구입한다. 무엇보다 이 곡란골의 구성원으로서 그래야 할 것만 같기 때문이다.

　처음엔 별 생각 없이 사 먹었다. 그러다가 어느 날 문득 깨달았다. 이 무거운 쌀과 내가 쓰는 시 한 편의 값이 비슷하다는 것을.

내가 쓰는 시 한 편과 농부가 지은 쌀농사의 노고를 속으로 계산해 보았다. 시 쓰는 일이 아무리 가치 있는 일이라 해도 농부가 짓는 농사의 가치 또한 적다고 할 수 없는 일이다. 시 쓸 때의 수고로움과 농사지을 때의 수고로움은 어느 것이 더 많고 적다고 할 수 없는 일이었다. 아마 모든 노동이 다 그러할 것이다. 다만 봄부터 가을까지 세 계절을 지나면서 농사에 쏟아부은 그 시간과 고생은 내가 시 한 편을 쓸 때보다 훨씬 더 힘들다는 것은 자명한 일이었다. 시 쓰는 일과 농사짓는 일의 수고로움을 물리적인 힘으로 따지는 것은 불가능한 일이지만 아무리 생각해도 농사짓는 일이 더 힘들 것 같다.

쌀이 특별히 싸다거나 비싸다고 생각해 본 적은 없었다. 늘 비슷한 가격이어서 당연히 쌀값은 그럴 것이라고 생각했는데 문득 쌀값이 싸도 너무 싸다는 생각을 하게 된 것이다. 그것은 내가 시골에 와서 농부들의 삶을 직접 지켜보면서 생겨난 깨달음이었다. 농사철이 시작되면 농부들은 해가 뜨는 시간에 맞추어 일을 시작해서 해가 져야 일을 끝낸다. 햇볕이 내리쬐는 들판에서 일하는 어려움이야 말하면 무엇하랴. 그렇게 농사지은 쌀을 6만 원 남짓 주고 사면 부부 둘이 사는 우리는 석 달 남짓 먹는다. 어떤 먹을거리를 그렇게 싸게 먹겠는가.

인간 각자가 하는 노동의 대가는 천차만별이다. 어떤 일은 별 수고를 들이지 않고도 고액의 대가가 주어지는 가 하면 어떤 일은 몸을 혹사하고도 겨우 입에 풀칠할 만큼의 대가가 주어진다. 무엇보다 노동은 일률적으로 가치를 매기기가 어렵다. 그냥 우리 사회에 통념적으로 주어진 가치가 있고, 우리는 별 저항 없이 그 통념에 따른다. 그러면서도 유독 예술의 가치에 대해서만은 너무 저평가되어 있다고 늘 생각해 왔다. 예술이란 것이 실생활에 유용하게 쓰이는 것이 아니다 보니 있어도 그만이고 없어도 그만이라는 생각 때문이었을까.

그러나 쇼스타코비치는 독일이 레닌그라드를 포위했을 때 시민들이 굶어 죽어가고, 사람이 사람을 뜯어먹고 살 때 교향곡 제7번 〈레닌그라드〉를 썼다. 그리고 지치고 굶주려서 악기를 연주할 힘도 없는 연주자들을 모아서 레닌그라드에서 공연을 했다. 그때 레닌그라드 사람들은 식량표를 바꾸어 음악을 들으러 왔고, 비썩 마른 한 군인이 군복을 입은 채 〈레닌그라드〉 초연 입장권을 사는 유명한 사진도 있다. 스탈린의 붉은 군대는 이 연주회를 무사히 마치기 위해 독일군을 향해 포격을 퍼부었고, 확성기를 통해 도시의 모든 거리에, 운하 너머까지, 독일

병사들의 참호와 포진지가 있는 적진에까지 들리도록 스피커를 설치했다. 레닌그라드 시민들에게는 위로와 인간의 존엄성 회복을 위해, 독일군에게는 레닌그라드 시민들이 아직 인간의 존엄성을 상실하지 않았다는 것을 보여 주기 위해서였다. 굶주림과 공포와 죽음보다 더 강력한 그 무엇은 바로 인간으로 남으려는 의지이다. 예술은 이 의지의 표현이다. 예술은 삶에서 무용한 것이 아니라 절대적으로 필요한 것, 죽음을 넘어서는 강력한 의지의 표현인 것이다. 그러므로 예술가들은 자신들의 작품에 대한 대가가 너무나 적은 것에 대해 분노한다.

그러나 나는 이 곡란골에서 우리의 생명을 유지시켜 주는 중요한 식량인 쌀값이 터무니없이 싸다는 것을 깨달았다. 그것은 쌀값은 그래도 된다는 우리 사회의 '내팽개침' 때문은 아닐까. 농부들의 그 묵묵한 수고로움의 댓가 치고는 참으로 씁쓸한 댓가가 아닐 수 없다.

욕쟁이 앵무새부터 소쩍새까지

　마을 위쪽 사람들이 잘 다니지 않는 곳에 앵무새 농장이 있다. 말 잘하는 앵무새들은 마을 사람들이 근처 밭에 드나들 때마다 꼬박꼬박 인사를 잘해서 귀여움을 받았다고 한다. 새한테 시비 걸 사람도 없을테니 앵무새 농장의 새들은 그저 웃기는 새, 말 잘하는 새로만 존재하면 족하다.

　그런데 어느 날부터 이 앵무새들이 욕을 하기 시작했단다. 앵무새들은 자신들을 애지중지 돌보는 주인에게 'ㅅ' 자가 들어간 욕부터 '개' 까지 불러오는 욕을 '안녕하세요? 라는 말 대신에 쓰기 시작한 것이다. 가령 '안녕하세요' 라고 해야 할 말을 '도그 베이비야' 라고 하거나,

'베이비야' , 또는 차마 입에 담을 수 없는 욕을 하곤 했다. 마을의 나이 드신 어르신께 'ㅅ' 자가 들어간 인사를 하자 어르신들은 어이가 없었고, 기가 막혀 웃는 어르신께 '도그 베이비야' 라고 해서 혼비백산하게 만들었다. 성격 좋으신 어르신들이 앵무새를 타이르며 인사를 가르쳐도 애들이나 새들이나 좋은 말보다는 욕이 더 재미있는 법인지 도무지 욕을 멈추지 않았다고 한다.

욕을 가르친 사람이 설마 주인이겠는가. 근처 저수지에 낚시하러 오는 낚시꾼들이 욕 선생일 것으로 추측될 뿐이다. 낚시꾼들에게 '안녕하세요' 라고 인사하는 새들은 기기묘묘한 구경거리였을 것이고, 누군가 장난삼아 욕을 가르치기 시작했는데 그걸 그만 덜컥 배워서 써먹어 버린 것이다. 앵무새 교육상 도저히 안 되겠다고 생각한 주인은 낚시꾼들이 보이지 않도록 울타리를 쳐 버렸다.

숲으로 둘러싸인 곡란골에 이 욕쟁이 앵무새뿐이겠는가. 좀 더 산 쪽으로 올라가면 우리나라에서 가장 크다는 꿩 사육장이 있다. 곡란골에는 지금도 산 밭에 가면 커다란 장끼들이 '꿔꿩꿩' 하면서 날아오르는데 이 꿩 사육장에 가보면 까투리들이 가득히 오글거리고 있다. 감기에 좋다는 이 꿩에 야생 엄나무 가지를 잘라 넣고 백숙을 해

먹으면 시원한 국물이 일품이어서 나도 가끔 여기에 꿩을 사러 가곤 한다.

그러나 이 앵무새나 꿩 따위와 비교할 수 없는 새들이 있으니 바로 제비이다. 제비들이 전봇대에 오종종 모여 앉아 지지배배 종알거리고 있는 모습은 시골에서도 보기 힘든 모습인데 우리 집 마당에만 나가도 이 제비는 얼마든지 볼 수 있다. 도대체 어디에 둥지를 틀고 있는지 궁금해서 어느 날 산책을 나가면서 집집마다 처마 아래를 살핀 적이 있다. 둥지는 길 가 어느 조용한 집의 처마에 서너 개가 있었는데 가끔 아름답고 고즈넉한 길에서 미친 듯이 달려대는 오토바이 폭주족들의 소음에 제비들이 놀라지 않을까 걱정이다. 여름 내내 집 앞 전깃줄에 앉아 수다를 떨던 제비들은 찬 바람이 불자 거짓말처럼 사라져 버렸다.

이렇게 계절 따라 가버리는 제비도 있지만 일년 내내 떼를 지어 와르르 몰려다니는 새들도 있다. 바로 곤줄박이들이다. 이 새는 수십 마리가 떼를 지어 몰려다니며 탱자나무나 과수원 울타리, 복숭아나무나 감나무 등에서 이야기를 나누는데 그 소리가 가히 폭우 쏟아지는 소리와 같다. 소곤소곤이 아니라 소리치고 장구 치며 노래 부르고 목소리 높여 친구를 부르니 하루 종일 난리도 그런 난리가 없다. 금방 집 뒤에 있었나 싶으면 언제 앞으로 몰려와 소란을 떨어대는데 가끔은 그들 등쌀에 하던 일을 놓고 멍하니 쳐다보기도 한다. 얼마나 떼를 지어 소란을 떨어대는지 가만히 보고 있으니 그들 몸집이 겨우 탱자 알만 해서 어이가 없었다.

그렇게 시끄럽게 난리를 치는 곤줄박이도 있지만 밤이 되면 우아한 목소리로 존재를 드러내는 새도 있다. 바로 소쩍새다. '솥 적다, 솥 적다' 라고 운다는 소리는 아무리 들어봐도 거짓말 같고 그냥 외롭고 적막해서 밤 내내 울어대는 새다. 그것도 한 마리 정도가 밤새 같은 장소에서 운다. 자다가 일어나 소쩍새 울음소리를 듣고 있으면 나도 그만 이 곡란골의 밤이 적막해져서 함께 울고 싶어질 때가 있다. 추워지니 밤새들은 모두 잠에 드는지 조용한데 여전히 난리법석을 떨어대는 곤줄박이들과 흔해서 시큰둥한 참새들만 해가 뜨자마자 왁자지껄 떠들어댄다. 곡란골은 사람 소리보다 새소리가 더 많다.

할머니들의 화투판

마을 입구에서 끝까지 약 2km에 이르는 은행나무 가로수가 노랗게 물들기 시작했다. 산골은 도시보다 단풍이 늦게 드는데 이 은행나무 가로수가 노랗게 물들고, 떨어진 은행잎으로 길도 노란색으로 변하면 바야흐르 가을이 깊어진다. 아직 채 베지 못한 벼들을 베느라 들판에는 기계 소리가 요란해서 좀 있다 나가보면 논이 휑하다. 기계가 넓은 논의 벼를 순식간에 베어 버리고 짚만 가득 널어놓기 때문이다.

할머니들이 드디어 경로당에 모이기 시작하셨다. 여름내 개장 휴업 상태나 마찬가지였던 경로당에는 할머니들이 모여들어 화투를 치신다. 적당히 따스하게 데워진 바닥에 아픈 다리를 쭉쭉 펴고 화투짝을 던지시는데 그 솜씨가 프로 못잖다. 하루 판돈은 단돈 백 원, 1점에 십 원이니 종일 쳐봤자 십 원짜리 동전이 오고 가다 보면 백 원 이내에서 끝난다는 것이다.

그래도 할머니들은 적어도 화투를 치는 동안에는 진심으로 치열하다. 할머니 한 분이 화투패를 잘못 던지기라도 하면 구경하던 할머니들이 단체로 이의를 제기하느라 마을회관이 들썩들썩, 화투가 서툰 할머니 덕분에 날벼락을 맞은 다른 할머니는 분에 못 이겨 다리만 아프지 않다면 벌떡 일어나 고함이라도 지를 기세지만 모두 마음뿐, 벌떡 일어날 다리 힘이 없으니 소리만 요란할 뿐이다. 화투패 던지는 소리와 할머니들의 아우성으로 경로당은 요즘 날마다 들썩인다.

할머니들의 화투판이라고 해서 만만하게 보면 큰일 난다. 잠시 앉아서 보니 영화 〈타짜〉의 김혜수는 울고 갈 실력들이다. 늘 허리가 아프거나 다리가 아프던 할머니들은 어디서 그런 팔 힘이 나는지 탁탁! 화투판 위로 화투패를 내리치는데 전광석화처럼 돌아가는 화투판을 보고 있으니 내 눈이 핑핑 돌 지경이었다. 이미 숙달된 노련한 프로의 냄새가 나는 경로당 화투판을 보고 있자니 나는 언제 저렇게 노련해질까 한숨이 다 나올 지경이었다.

그러다가 저녁 무렵이 되어 집에 홀로 계시는 할아버지 저녁을 지으러 가야 하는 시간이 되면 모두 일어나 내일 또 보자고 인사를 하고 헤어지는데, 아까 아우성이던 기세는 사그라들고 모두 온순한 이웃집 할머니로 돌아오신다. 화투판을 슬쩍 구경할 기회가 있어 잠시 앉았더니 희한하게도 돈이 담긴 통은 모두 같은 모양의 플라스틱 통이다. 누군가가 집에 많은 통을 가져와서 나눠 주신 모양인데, 돈 담으라고 돈통 주고 사이좋게 옹기종기 앉아서 오후 내내 아우성도 그런 아우성도 없이 소리 지르고 놀다가는 또 다정하게 헤어지시는 것이다. 친구들끼리 노는 판이라면 눈에 보이는 화투짝도 슬쩍슬쩍 알려주고 짜장면이라도 시켜 먹자고 하겠지만, 할머니들께 그러다가는 미운털이 박혀서 복숭아 하나 얻어먹기도 어려울 것이니 입은 다물고 구경만 한다.

무엇보다 한적하던 경로당이 북적거리니 산책하는 길도 괜히 흥이 나서 그 앞을 지날 때는 할머니들이 몇 분이나 모이셨는가 해서 기웃거리게 된다. 지난 초여름에 드린 사과 덕분에 아직도 만나는 할머니들은 잘 먹었다는 인사를 하시는데 곧 귤이 나오면 경로당에 한 박스 넣어드릴까 싶다. 그러면 또 할머니들은 그 귤을 드시면서 이사 온 젊은 새댁 이야기도 할 것이고, 그러다가 또 잘

못 던진 화투패에 한꺼번에 시끌벅적하다가 잘못 던진 화투패의 주인에게 귤이나 먹으라고 하나 던져주기도 하실 것이다. 수십 년을 한마을에서 살아온 할머니들은 이제 서로의 집안 사정은 훤하게 알고 있어서 스스럼이 없으시다. 미운 사람도 좋은 사람도 없이 그저 이웃사촌, 멀리 있는 자식보다 더 좋은 이웃사촌으로 지내는 것이다. 어영부영 아픈 허리와 아픈 다리를 끌며 조금씩 하던 텃밭 농사도 이젠 파장 분위기이다. 고추는 모두 따내고 들깨도 털었고 밭에는 배추와 무가 자라고 있는데 이것마저도 이젠 클 것은 다 크고 속만 채우고 있는 시간이라 할머니들이 따로 하실 일은 없다. 그러니 이제 화투나 치자고 할머니들은 식사만 하면 마을회관으로 오시는데 이제야 마을에도 시끌벅적 온기가 도는 것 같다.

겨울

눈이 내리고 숲은 수런거리니

"노트(밤)가 먼저 흐림팍시(서리말갈기)라는 말을 몰았다. 대지가 아침마다 이슬이 맺히는 것은 그 말의 입에서 나온 김으로 축축해지기 때문이다."

게르만 신화인 『에다 이야기』에 나오는 북구의 풍경이다. 찬 기운을 내뿜는 서리말갈기라는 말이 밤을 도는 동안 말이 내뿜는 입김으로 대지에는 차가운 이슬이 맺힌다는 것이다. 이슬이라고 표현했지만 북구의 기온에서 그것은 서리일 것이다. 밤새 서리말갈기가 내뿜은 찬 기운 때문에 대지에는 하얗게 서리가 내려앉고 때론 눈이 내린다.

곡란골에 이사 오고 처음으로 눈이 내렸다. 작년에는

유례없는 가뭄으로 눈은커녕 비도 내리지 않았지만 올해는 비도 그럭저럭 오고 눈까지 왔다. 산과 들에 하얗게 떼지어 내리는 눈송이 때문에 종일 설레었다. 잔디에 내려앉는 눈은 잔디 사이사이로 틀어박혔고, 마당 한 편의 덱에는 다른 곳보다 먼저 하얗게 눈이 쌓였다.

눈이 내릴 때 소리가 난다는 것을 처음 알았다. 사르락사르락거리며 내리는 눈 소리 사이로 나뭇가지 사이에 앉은 새소리가 들렸다. 눈은 고요하게 내리는 것이 아니라 작은 소음들 사이로 사르락 사르락 내렸다. 소리는 생각보다 컸다. 춥지만 않다면 그 눈 소리를 듣기 위해 창문을 열어두고 싶었다.

개들이 눈을 좋아한다는 것도 사실이 아니었다. 눈이 내리는 동안 개와 고양이는 자기 집에 틀어박혀서 바깥만 살피고 있었다. 짐승들은 내가 마당에 나가자 비로소 두려운 발걸음을 떼어 눈 위로 다가오다가 곧바로 집에 들어가고 말았다. 사냥을 좋아하는 고양이만 곧 눈 위를 걸어서 들로 나갔다.

『에다 이야기』를 읽으면 북구의 풍경이 지금 여기 시골에 펼쳐진 느낌이다. 그러니까 그 내용이 비록 춥고 스산하고 눈이 많이 내리는 북구의 이야기지만 여기 시골의 겨울과 별 다를 것이 없다는 것이다. 도시가 만들어지기 전의 시골은 생명의 원형질적인 이야기들이 만들어지던 곳이었다. 신화에서는 세계의 구도가 하늘과 대지, 지하세계로 나누어지는데 도시는 이 중에서 대지가 지나치게 비대해진 곳이다. 그러니 도시는 하늘과 지하의 공간이 사라진 세계라고 보아도 무방하고, 다른 세계는 없이 오직 사람만 무성한 기형적 공간이다. 그에 비해 시골은 하늘과 대지와 지하세계가 고르게 분배되어 밤이면 하늘과 지하세계가 세상을 지배하고 낮이면 대지가 더 빛이 난다. 특히 겨울에는 하늘과 지하세계가 더 오래 세상을 지배하는데 그때는 하늘의 별이 더 반짝이고 숲속의 동물들은 인간의 방해를 받지 않고 더 활발하게 움직인다.

눈이라도 오는 날이면 사람들은 모두 집으로 틀어박히고 짐승이 온통 대지를 지배하는데 그런 날은 집 뒤 숲에서는 새들의 수런거리는 소리도 더 커지는 것이다. 새들은 눈이 오면 둥지에 틀어박혀 숨을 죽이고 있을 줄 알았는데 그것은 온전히 나의 착각이었다. 그러니까 짐승과 인간이 고르게 세상을 분배하여 살아가고 있는 땅, 밤이면 별들이 땅 가까이 내려오고 하늘에서 하얀 서리가 내리고 사람이 죽으면 가까운 산에 작은 무덤을 만들어 산 자들과 함께 지내는 시골이야말로 사람이 비로소 안심하고 살 수 있는 생명의 원형질적 공간인 것이다.

하늘에는 신이 살고 대지에는 인간을 비롯한 생명체들이 살고 지하에는 죽은 자들이 사는 것이 우리가 사는 세계의 구도이다. 그 세계에 하얗게 눈이 내리던 날은 대지보다 하늘이 더 넓어지던 날이었다. 마을의 농부들은 모두 집에 들어앉아 쉬었고, 집에 들어앉은 개와 고양이도 간혹 부는 바람 소리에 웅크렸던 몸을 펴고 밖을 내다볼 뿐 주위는 적막했다. 그 적막한 곡란골에 오늘도 눈이 내린다.

기억이 완성하는 집

겨울은 사람의 집이 자연 가운데로 오롯이 드러나는 계절이다. 숲이 무성할 때 숲에 가려져 있던 집들은 겨울이 되면 몸을 드러내고 조용하게 햇살을 받는다.

시골의 집은 모두 낮다. 굳이 높을 필요가 없는 곳이어서 땅과 가장 가깝게 처마를 둔다. 도시의 집들은 좁은 터 때문에 위로만 올라가고, 이제는 높은 건물이 부의 상징이 되어 경쟁하듯이 하늘을 향해 높이높이 짓는다. 눈이라도 내리는 날엔 눈 속에 까무룩히 잠긴 시골의 집 지붕이 보기 좋아서 한참을 그 고요의 공간 속에 함께 잠겨 본다. 눈을 하얗게 덮어쓰고 적막하게 누운 지붕의 선들은 마치 땅과 하나가 된 듯 구별이 없어 보인다.

제주의 '수. 풍. 석 뮤지엄'을 지은 재일교포 건축가인 이타미 준은 "그 땅에 살아왔고, 살고 있고, 살아갈 이의 삶과 융합한 집을 짓는 것이 제 꿈이고 철학"이라고 말했다. 최근 들어 새로 지은 집들도 많이 늘어났지만 여전히 시골에는 오래전부터 이 땅에서 살아왔고, 살고 있는 이들의 처마 낮은 집들이 많다. 특히 오래된 한옥은 세월의 더께를 지붕에 온통 이고 있으면서도 그 안에 따뜻하게 사람을 품고 쉬게 한다. 가끔 지나다가 가만히 기와지붕의 무게를 가늠해 보지만 그 집에서 살았을 사람들의 생명을 생각하면 경건해진다.

집은 처음 지었을 때 그대로 있지 않는다. 특히 시골의 낮은 집은 숨을 쉬고 잠을 자면서 천천히 자연을 닮아간다. 집은 자리 잡은 흙의 색을 담에 올리기도 하고 어떤 경우에는 그 색과 대지의 풍경을 지붕 위에까지 올리기도 한다. 나무가 집에 간섭하여 색을 바꾸고 냄새도 바꾸다가 끝끝내 나무를 닮게 하기도 한다. 오래된 집이 자연을 닮아가는 이치이다.

곡란골엔 적어도 백 년은 거뜬히 넘겼을 집들이 있는데 이 집들은 어느새 주변 풍경과 하나가 되어 숲이 먼저였는지 집이 먼저였는지 구분이 되지 않는다. 그 집 안에는 집인지 사람인지 언뜻 분간이 되지 않는 사람이 들어

앉아 집과 함께 시간을 보낸다. 집 모양과 거기에 깃들어 사는 사람의 모습이 어찌나 닮았는지 신비로울 때가 많다. 집을 지은 것은 건축가였겠지만 주인이 거기 오래 살면서 집이 주인을 닮아가고 주인은 집을 닮아가기 때문이다.

내가 사는 집은 최근에 지어진 것이지만 그 짧은 세월 동안 어느 정도 자연과 어우러져 이질적인 느낌은 나지 않는다. 탁 트인 주변 전망과 처마 낮은 집이 어우러져 얼핏 보면 산속의 오두막 같기도 하고, 넓은 마당의 잔디 같기도 하다. 묘한 것은 잔디가 푸르른 계절에는 집도 푸르다가 잔디가 노랗게 변하면 집도 누르스름해진다는 것이다. 마당에 내리쬐는 햇살이 잔디의 색을 옮겨다 주는가, 가끔 혼자서 그런 생각을 한다. 그렇게 주변의 풍경을 닮아가는 것은 어쩌면 언젠가는 되고야 말 폐허의 한 징후인지도 모른다. 모든 집들은 지은 순간부터 폐허의 순간을 향해 달리기 때문이다. 그러나 적어도 사람이 사는 동안은 그 폐허의 순간은 아주 느리게 진행된다. 그래서 한 집에서 오랫동안 살아온 사람과 살고 있는 사람, 살아갈 사람이 겹쳐진다.

우리 집이 있는 언덕에서 눈 내리는 날 내려다보는 마을은 평화롭고 고즈넉했다. 마을의 집에는 어떤 사람이 사는지 이제는 대충 안다. 혼자 사는 할머니도 계시고 자식이 자주 드나드는 집도 있고 혼자 사는 할아버지가 계시는 집도 있다. 할머니나 할아버지가 혼자 사시는 집은 집도 삶의 의욕을 상실해 가는 것인지 외로워 보인다.

기억이 켜켜이 쌓여 흔적이 되어 있는 집, 땅에 낮게 엎드린 집에서는 그 기억이 또 하나의 무늬를 이루며 오래된 집을 만들어 간다. 집은 거기 깃들어 사는 사람이 완성한다는 말이 어떤 의미인지 대를 이어 살아가는 시골집에서 알게 된다. 도시의 집이 기억을 덜어내며 낡아 간다면 시골의 집은 기억을 각인하며 자연과 하나가 된다. 풍경에 꺾이는 것이 아니라 풍경과 하나가 되어 가는 집.

두부 사러 산협에 드는 일은

　두부를 사러 산으로 가 본 적이 있는가? 산협의 두부는 아무 계절에나 만들지 않고 매서운 추위가 주변 계곡을 얼리는 겨울이 되어야 만든다. 커다란 아궁이에 사람 한 명쯤은 너끈히 들어갈 가마솥을 걸어놓고 천천히 콩물을 끓여 만드는 두부는 아무런 방부제도 들어가지 않기 때문에 금방 상해 버린다. 그래서 두부가 담긴 물에도 살얼음이 살짝 얼 무렵이 되어야 두부를 만들기 시작하는 것이다.

　먹을거리는 가까운 읍내에 나가야 구할 수 있는 이 시골에서도 겨울이 되면 두부는 곡란골 뒤의 깊은 산으로 들어가서 사 온다. 계곡이 깊은 산길을 따라 올라 재를 넘어가면 넓은 분지가 나타나는데 이곳에는 직접 농사지은 콩으로 두부를 만드는 두붓집이 있다. 이곳에는 활활 타오르던 장작불이 한풀 수그러든 아궁이 불을 보던 시골 아낙이 사람이 들어서면 바지의 먼지를 툭툭 털고 일어나 두부를 담아주는데 이걸 김치에 싸 먹어야 할지, 두부 만드는 곳에서 가까운 미나리꽝에서 사온 미나리와 먹어야 할지, 아니면 담백하게 간장에 찍어 먹어야 할지 즐거운 고민을 하게 된다. 어떤 날은 추위 핑계를 대고 아궁이 앞에 앉아 활활 타오르는 불구경을 한참 하기도 한다.

내가 사는 곡란골도 산골짝이지만 두부를 사러 가는 동네는 더 깊은 산속에 있는 동네이다. 그런데 여기에 올해 두붓집이 한 군데 더 생겼다. 나처럼 산으로 두부 사러 오는 이들이 꽤 된다는 말이다.

곡란골에 살면 자급자족하는 채소 말고는 사소한 우유를 하나 사려고 해도 차를 몰고 나가야 한다. 마을에는 그 흔한 슈퍼마켓조차 하나 없다. 그나마 요즘은 택배 사정이 워낙에 좋아서 웬만한 것은 인터넷 쇼핑을 하지만 그래도 직접 사야 할 물건들은 읍내로 나가야 한다. 그런데 계란이나 두부 등은 읍내로 나가는 것이 아니라 오히려 더 깊은 산속으로 들어가서 산다. 산에 방목하는 닭이

낳은 계란을 사러 산속 깊이 들어가거나, 두부를 사러 산으로 올라가는 이게 묘한 재미가 있다.

계란을 사러 가서는 계란 한 판을 마루에 얹어 두고 이런저런 이야기를 나누면서 차도 얻어 마시다가 계란보다 더 좋은 것들을 얻어 오는 경우도 있고, 두부를 사러 가서는 두부보다는 불이 활활 타는 아궁이 앞에 적당히 앉아서 불을 멍하니 한참을 쳐다보다가 오는 경우도 있다. 어느 것이든 물건을 사는 것보다 덤으로 얻는 그것들이 더 재미가 있어 산으로 차를 몰아 올라가는 일은 기대가 크다.

곡란골에 들어온 지 두 계절을 넘기고 이제 겨울을 맞고 있다. 사람들은 시골살이는 겨울을 지나 봐야 살아갈 수 있을지 가늠이 된다고 말하지만 사실 나는 이 겨울이 더 재미있다. 창고에 든 고구마를 꺼내 구워 먹는다든지, 찬 바람을 맞으면서 창고로 뛰어가 사과를 꺼내 먹는 맛은 특별하다. 옛날처럼 땅에 파묻은 김칫독을 뒤져 밤을 새워가며 먹는 재미야 없지만 도시에서는 도무지 누릴 수 없는 소소한 재미들이 이 겨울에 가득하다.

서리가 하얗게 내린 마당을 보면서 그것이 서리인지 눈인지 가늠하는 것으로 시작되는 아침도 흥미롭다. 번번이 그것은 눈이 아니라 서리임을 알고 실망하지만 눈이 귀한 여기에도 언젠가는 눈이 내릴 것이다.

어제는 두부를 사러 갔더니 아주머니께서 잘 띄운 비지를 서너 개 주셨다. 올해 처음으로 숙성시킨 비지가 나왔다는 것이다. 물론 공짜다. 두어 번만 다니면 금방 얼굴을 익히는 소소하다 못해 고향 집 같은 두붓집의 단골에 대한 인사치레다.

몸이 아프면서 마음까지 무너져 내렸다. 건강한 신체에 건강한 정신이 깃든다는 말은 진실이다. 그렇게 무너져 내린 몸과 마음을 의탁하러 들어온 시골은 곡란골뿐만 아니라 옛 정취를 그대로 간직하고 있는 시골의 사람들로 인해 서서히 치유가 되고 있다.

두 번째 겨울

 봄의 초입에 들어서는 입춘이 다가왔다. 절기에 春이 들면서 계절은 이제 봄을 향해 가고 있다. 지난주에는 유례없는 추위가 한반도를 강타했지만 절기는 속일 수 없다. 나무 끝에는 불그스레한 봄물이 들고 꽃눈이 한껏 부풀었다. 따뜻한 곳에서는 이미 매화 소식이 전해져왔다.

 마을 들판에는 거름 포대가 잔뜩 쌓였다. 밭둑마다 수북하게 쌓인 파란 포대에 담긴 거름은 곧 들판에 뿌려질 것이고 들에는 시큼한 거름 냄새가 퍼질 것이다. 겨우내 웅크리고 있던 마을이 서서히 봄 기지개를 켜는 것이다.

 얼어붙었던 땅이 녹으면서 푸석푸석 부풀어 올랐다. 대지에 디딘 발바닥으로 그 부드러운 흙의 촉감이 전해져 온다. 아마도 땅속에는 온몸으로 봄기운을 느끼며 땅을 박차고 나올 개구리가 촉각을 곤두세우고 있을 것이다. 나는 녹은 개울물을 가끔 유심히 살펴본다. 어딘가에 개구리나 도롱뇽이 알을 낳았을까 싶어서이다. 개구리와 도롱뇽은 제 몸을 보이지 않고 알을 낳고는 다시 사라진다. 물 위에 낳은 알은 어미의 도움 없이도 따스한 햇살에 부화를 할 것이다.

겨우내 마을 사람들이 정류장에서 버스를 기다리는 것을 자주 보았다. 농번기라면 잘 보이지 않을 풍경이다. 누가 타고 다니나 싶은 버스가 근근이 명맥을 이어나가는 것은 자주 눈에 뜨이지는 않아도 승객이 있었던 것이다. 나가는 길에 가까운 읍내까지 태워드릴까 하다가도 버스 시간에 맞춰 나와서 버스를 기다리는 것을 알기에 잘 그러지 않는다. 사람이 있어야 버스도 다니고 버스가 다녀야 사람들의 왕래도 어느 정도 자유롭기 때문이다.

겨우내 마을은 한적하고 적막했다. 가끔 눈이라도 오는 날이면 마을은 흰 눈에 덮여 사람이 살지 않는 선계의 풍경 같았다. 처음 도시에서 시골로 거처를 옮긴다고 했을 때 사람들은 겨울을 두어 번 지내야 시골살이를 할 수 있을지를 판단할 수 있다고 걱정했었다. 사람들이 왜 그렇게 겨울을 두려워하는지 이해할 수 없었지만 그럭저럭 별 탈 없이 두 번의 겨울을 나고 있다. 겨울엔 문을 열고 나가면 쨍하게 다가오는 그 강렬하면서도 맑은 추위가 좋았다. 어떤 날은 일부러 그 추운 바람을 쐬기 위해 마당에 나가기도 했다. 밤이면 서쪽 하늘에는 별이 투명하게 빛났다. 추운 날은 공기도 더 맑아지는지 겨울이면 하늘은 더 맑았고 별들은 더 선명했다.

눈이 오는 날은 염화칼슘을 뿌리기도 하고 센 바람이 나오는 기계로 눈을 치우기도 했다. 내 집 말고는 신경 쓸 필요가 없던 도시의 아파트 생활과는 많이 달랐지만 눈을 치우는 남편에게 따뜻한 차를 건네주는 것은 시골이어서 가능한 재미였다. 남편은 눈을 치우면서 뿌듯했고 아내는 그 남자를 칭찬하면서 행복한 것이 겨울이었다. 두어 번의 겨울이 아니라 앞으로 헤아릴 수 없이 많은 겨울을 이 곡란골에서 보내기를 갈망한다. 적게라도 눈이 내린 날이면 남편은 집과 골목의 눈을 깨끗하게 치워놓고 출근을 한다. 가족을 위해서 눈을 치우는 남편은 힘들면서도 기분이 좋다고 했다.

처음 이사를 온 해에는 눈이 한 번도 내리지 않았다. 눈이 오면 쓰려고 염화칼슘과 모래를 샀고 빗자루를 쓰지 않고도 바람으로 눈을 날려 보낼 수 있는 기계를 샀다. 눈만 오면 남편은 남자의 힘이 어떤 것인지를 보여

주고 싶은 눈치였지만 눈이 내리지 않았던 그해는 여러 모로 안타까웠다. 시골살이는 겨울이 제일 힘들다고 이구동성으로 걱정을 해 주었지만 겨울이어서만 누릴 수 있는 재미와 행복은 따로 있었다. 모든 것은 생각하기 나름이라고 하는데 정말 생각하기 나름이었다. 그 정도의 수고조차도 고생이라면 고생이었고 재미라면 더없이 좋은 재미였다. 우리는 눈이 오면 재미있었고 행복했다.

그 겨울이 거의 다 가고 이제 두 번째 봄이 오고 있다. 작년에는 마을 사람들이 거름을 사면 우리도 거름을 사고 밭에 뿌리면 우리도 뿌렸다. 올해도 그렇게 살 것이다. 오랫동안 시골에 터를 잡고 산 사람들을 흉내 내면서 또 한 해를 살 것이다.

영원회귀의 삶이 있는 마을

    겨울이 되면서 대부분의 생활은 과거형으로 돌아갔다. 오일장에 가서 콩을 튀겨 온다든지, 가마솥에 끓인 두부를 사 온다든지, 창고에 넣어둔 사과를 먹고, 무엇보다 어릴 적에 입었던 내의를 참으로 오랜만에 입었다. 시골 생활이라는 게 너무나 자연 친화적이어서 자연의 날씨에 따라야 하니 도리가 없다. 내의를 입고, 두터운 모자를 쓰고 밖에 나가보면 개 물그릇으로 내어놓은 물통에서는 얼음이 꽝꽝 얼어 있다.

    고층 아파트에서 엘리베이터를 타고 지하까지 내려가서 차를 타고 다시 지상으로 올라와 목적지에 닿는 도시의 생활이 전부인 줄 아는 사람들에게 시골 생활은 그야말로 야생의 생활 그대로이다. 텃밭에서 밤새 얼어 부서지는 대파는 햇빛을 받으면 사르르 녹아 본래대로 돌아가고, 푸석 푸석 부서지던 배추 이파리도 해가 뜨면 다시 싱싱해진다. 언 땅을 파헤쳐 시금치를 뜯어오면 들판에는 산을 휘돌아온 바람이 몰아치지만 그래서 시골이 좋다. 땅을 밟지 않고도 하루를 보내던 도시 생활에 비하면 잔디마저도 얼어붙어 밟으면 푸석 푸석 부서지는 시골은 땅을 밟지 않고는 하루를 보낼 수가 없다.

오일장이 서던 날, 가을에 사 두었던 콩을 가져가서 튀겼다. 겨우내 먹을 간식거리다. 내가 재배한 콩은 아니지만 마을의 어느 밭에서 자라던 콩인지 나는 안다. 콩의 유전인자에도 농부 할머니의 손길이 깊이 스몄을 것이다. 들판을 휘돌아 닿던 바람과 밤새 울어대던 산짐승 울음소리와 동네 할머니들의 두런거리는 이야기도 콩에 스며 있을 것이다. 그 콩을 먹을 때마다 할머니께서 거친 손으로 담아 주시던 그날의 풍경이 떠오른다. 한 됫박을 담고도 두 손 가득 덤으로 더 주시던 거친 손에는 곡란골에서 보낸 오랜 시간의 결이 깊이 새겨져 있다.

겨울이 되면서 창고가 복잡해졌다. 수확한 고구마와 무가 포대기에 담겨 구석에 놓였고, 과수원에서 사 온 사과도 커다란 포대기에 넉넉히 담겼다. 들판과 산에서 자라던 먹을거리들을 창고에 갈무리를 끝내고 나서야 겨울은 천천히 오는 것이다. 그래서 겨울이 오면서부터는 먹을거리를 찾아서 찬 바람을 맞으며 창고로 뛰다시피 다닌다.

신비로운 것은 마을 할머니들의 창고에는 옛날 다락방에서 나오던 것처럼 먹을거리들이 무진장 들어있다는 것이다. 정말 별의별 게 다 나온다. 높은 나무에 주렁주렁 매달려 있던 호두나 아이 머리통만큼은 족히 될 감, 정말 신기하게도 상상을 넘어서는 고욤이 나올 때도 있다. 호두는 밭둑에서 여름 한 철을 보내며 몸을 단단하게 굴렸을 것이고, 고욤은 틀림없이 밭둑 먼 발치의 산에서 따왔을 것이다. 여름 내내 그 고욤을 눈여겨 보다가 서리를 맞으며 몇 번 얼고 녹기를 반복하면 따와서 옛날처럼 작은 장독에 담아 두었을 것이다. 나는 가끔 할머니들의 창고 속이 궁금하여 무언가를 내오면 사양하지 않고 기다릴 때가 있다. 화수분처럼 먹을거리가 쏟아져 나오는 할머니들의 창고를 나도 내년에는 가지고 싶다.

겨울이라고 사람들이 노는 것은 아니다. 삭풍이 부는 차가운 날이 아니면 대부분의 마을 어른들은 밭에서 가지치기를 하거나 거름을 주면서 내년 농사를 준비하신다. 수백여 년을 이어서 조상대부터 해 오던 방식대로 겨울이 되면 또 겨울대로 그들의 삶을 살아가는 것이다.

산책을 나가 보면 과수원에는 이미 거름이 두텁게 뿌려져 있거나, 가지가 말끔하게 잘라진 것을 본다. 부지런하다는 말로는 설명되지 않는 삶의 반복, 나는 고작 콩이나 튀겨 먹는 이 겨울의 삶을 그들은 그렇게 또 되풀이하는 것이다.

삶은 영원회귀라고 하던가. 태어나서 앞으로 쭈욱 나간다고 생각했던 삶은 어느 지점에서 달팽이처럼 다시돌기 시작했다. 회귀하는 삶을 나도 모르게 살고 있는 것이다. 농부들의 아버지, 할아버지가 했던 것처럼 그들도영원회귀의 삶을 살면서 거름을 뿌리고 나무를 돌본다.어느 날 그들의 자식이 다시 그 밭에서 나무를 돌보고 있을 것이다. 그때 심었던 나무는 그들의 조상들과 함께 사라졌지만 새로운 나무가 다시 그 자리에서 똑같은 삶을살고 있다.

곡란골에서는 그 영원회귀의 삶의 결이 선명하게 보인다. 지금 내가 어디쯤을 따라가는지도 알고 그 길이 어디쯤에서 멈출 것인지도 대충 보인다. 자연의 순리를 거부하지 않고 다만 그 길을 천천히 따라갈 뿐이다.

원초적인 생명의 숲

처음으로 낮지만 가파른 뒷산을 올랐다. 숲에는 가을에 떨어진 낙엽으로 발목이 푹푹 잠겼고, 이파리 없는 나무 사이로 햇살이 고르게 들어와 있었다. 밖에서 볼 때 숲은 깊고 어두워 보여서 다소 무섭기도 하지만 막상 그 숲으로 드니 여느 산과 다름이 없었다.

이 산에는 참나무가 대부분인데 뒤에 들은 이야기이지만 가을 내내 사람들이 이 숲에서 도토리를 주웠다는 것이다. 일부는 시장에 내다 팔고 일부는 집에서 도토리묵을 쑤어 먹는데 나는 이 마을에서 해를 넘기며 살고도 집과 가까운 산에 참나무가 그렇게 많은 줄 몰랐다. 마을 사람들뿐만 아니라 먼 도시에서도 도토리를 주우러 왔다니 그저 들어가기 어려운 깊은 숲으로만 보았던 곳이 다르게 보였다.

그런데 그렇게 사람들이 도토리를 줍기 위해 가을 내내 뒷산에 있었다는 말을 들으니 아찔한 게 하나 있다. 집에서 키우는 개는 보더콜리 종으로 뛰어다니기를 좋아해서 이른 아침이나 늦은 저녁이면 뒷산에서 뛰어놀다 오게 풀어주곤 했다. 내가 보기에 뒷산에는 누구도 들어가지 않을 것 같았고, 고라니나 멧돼지가 가끔 내려오는 것으로 보아 산짐승이나 살고 있는 것 같았기 때문이다. 개는 풀어주는 즉시 뒷산으로 전광석화처럼 달려가는데 가끔은 고라니를 몰고 내려오기도 하고, 그런 날은 집에 있는 작은 개까지 합세해서 고라니를 쫓곤 했다. 그 산에 사람이 있을 것이라고는 꿈에도 생각하지 않았기 때문에 개가 운동하고 뛰고 싶은 욕구를 풀기에는 뒷산이 안성맞춤이라고 생각했는데 그 산에 사람들이 있었다니 모골이 송연해지는 것이었다. 사고가 나지 않고 가을이 무사히 지나간 것에 감사하고픈 마음이었다.

그 이후로 개는 집을 벗어나지 못하고 있는데 허리가 점점 아파오던 어느 날 처음으로 그 개를 데리고 뒷산에 올랐다. 허리가 아플 때는 비교적 낮으면서 경사가 좀 있는 산을 오르면 좋다는 의사의 충고를 따라서였다. 산에는 좁은 오솔길이 나 있었고 햇살이 가득했지만 떨어진 참나무 이파리가 숲을 덮고 있었다. 오솔길을 따라 올라 갔지만 발이 푹푹 빠지는 낙엽 때문에 길은 미끄러웠고, 나는 가지고 간 지팡이로 낙엽을 밀어 내었지만 낙엽이 워낙 두껍게 쌓여서 길을 찾기가 쉽지 않았다.

주변이 전부 산이지만 사실 산에 드는 일은 쉽지 않다. 우선 길을 모르니 산에 들기가 두렵고, 온갖 짐승들이 산에 있으니 그들 또한 두렵다. 그런데 도토리를 줍는 사람 말로는 짐승은 안 무서운데 정작 무서운 것은 사람이라고 했다. 혼자 도토리를 주우러 가면 사람을 만날까 싶은 두려움 때문에 주위를 자주 살핀다는 것이다. 산짐승들은 인기척이 나면 자기들이 먼저 피해 버린다. 내가 산으로 간 날도 여기저기서 뿌시럭거리면서 짐승들이 도망가는 기척이 들렸고 그럴 때마다 데리고 간 개가 쫓아 갈려고 줄을 팽팽하게 당기곤 했었다. 줄을 놓아주면 개는 엄청나게 빠른 속도로 산짐승을 쫓아가겠지만 작은 짐승이라도 죽일까 두려워 줄을 감아쥐곤 했다. 멧돼지가 땅을 파헤친 흔적도 보였고, 나무 사이로 나 있는 작은 오솔길은 고라니나 토끼들이 다니는 길 같았다. 그런 길이 보이면 작은 올무를 놓아서 산짐승을 잡고 하셨던 아버지의 모습이 잠시 어른거리기도 했다. 그때 아버지를 따라갔다가 몇 번 올무를 놓는 걸 본 적이 있어서 짐승들의 길을 알게 된 것이다.

그러고 보니 산은 예전이나 지금이나 여전했다. 짐승들은 여전히 자기가 다니던 길로만 다니면서 오솔길을 만들고 있었고, 사람들은 그보다 좀 더 넓은 오솔길을 만들며 산으로 다니고 있었다. 다만 짐승의 길과 사람의 길이 다른 것은 생존의 방식이 달라서일 것이다. 그 두터운 낙엽 속으로 나 있는 작은 오솔길을 더듬으면서 산은 어둡고 깊어 두려운 곳이 아니라 여전히 생명들이 살아가는 곳이라는 것을 깨달았다. 오랜 과거부터 또 오랜 미래까지 생명들의 삶의 방식은 달라지지 않을 것이다. 원초적인 삶으로 돌아갈 수밖에 없는 곳, 바로 숲이다.

고등어와 아버지

설날이 가까워지면서 마을 부녀회에서 기금 마련을 위한 물품 판매를 시작했다. 꼭 명절 때가 아니라 김장철에도 젓갈이나 멸치 등등을 파는데 나도 이 마을에 주소지를 두고 있는 구성원인 만큼 그때그때 내게 필요한 것을 산다. 명절에는 간고등어를 파는데 작년에는 그냥 인사치레로 세 손을 샀다. 이미 수십 년 동안 살림살이를 해온 부녀회의 아주머니, 할머니들이 선별한 물건이라서 파는 물건들은 전부 맛이 있는데 간고등어 역시 맛있다는 말을 듣고 세 손을 산 것이다. 과연 살림살이의 고수들이 선택한 고등어는 맛있어서 세 손이나 어찌 다 먹을까 했던 고등어가 순식간에 동이 나 버렸다.

올해 설에도 어김없이 부녀회에서 문자가 왔고 나는 또 세 손을 주문했다. 맛있는 고등어가 온 날, 저녁 밥상에 그 고등어부터 올렸는데 평소에는 이리저리 치이며 남아돌던 고등어가 뼈만 남긴 채 싹 사라졌고, 그 뼈마저 마당에서 냄새를 맡고 기다리는 개와 고양이에게 나눠 주었다. 그랬는데 같이 밥을 먹던 딸이 고등어를 셀 때의 단위인 '손'이 무엇이냐고 물었고, 지금까지 별 생각 없이 한 손 두 손 하던 나는 아마도 두 손을 한 손처럼 포갠 것같이 간고등어도 그렇게 포장하니까 '손'이라는 단위를 쓴 것이 아닐까 추리했다. 그러나 사전을 찾아보니 한 손에 쏙 들어가는 정도, 그러니까 간고등어나 조기는 두 마리가 한 손에 알맞게 들어가고 심지어는 배추도 큰 것과 작은 것을 포갠 것을 '손' 단위로 헤아린다고 되어 있었다. 장날이 되면 고등어를 한 손에 들고 와서는 쇠죽을 끓이고 난 잔불에 구워 주시던 아버지의 고등어가 생각나는 말이었다.

술을 좋아하셨던 아버지는 장날이 되면 대부분 얼큰하게 취해서 집에 돌아오셨는데, 어머니의 지청구를 뒤로하고 잠에 드신 다음 날 아침이면 어머니께서 깨끗하게 씻어 주는 고등어를 석쇠에 얹어 쇠죽을 끓이던 아궁이의 잔불에 구워서 상에 올리곤 하셨다. 고등어를 굽는 일은 늘 아버지의 몫이어서 그렇게 고등어가 올라온 아침이면 우리는 영문도 모르고 고등어구이를 먹고 학교엘 갔는데 뒷날 생각해 보니 아버지의 고등어구이는 어머니에게로 향한 화해의 표시였다. 아버지는 한번도 고등어 살을 탐한 적이 없이 늘 대가리를 드셨고 한번도 그 대가리를 어머니에게 넘긴 적도 없었다. 그러니 내가 고등어를 구워 줄 테니 어제 술 마신 것은 이것으로 봐달라는 아버지만의 화해의 방법이었던 것이다. 아버지가 구워 주시는 고등어를 아이들이 맛있게 먹는 것으로 어머니는 이미 아버지를 용서하셨던 것이다. 그래서 고등어구이를 먹을 때면 석쇠에 고등어를 얹어 잔불에 이리저리 뒤집으며 정성을 다해 구우셨던 아버지가 마치 자동연상작용처럼 떠오른다.

설날이 다가오면서 읍내의 오일장은 차와 사람으로 가득차서 흥청거렸다. 평소에는 잘 걷지도 못하던 할머니와 할아버지가 다정하게 손을 잡고 장에 나오시는 날도 이때다. 오늘은 홍가리비를 고르고 있으니 옆에서 가만히 보시던 할아버지 한 분이 그건 어찌 먹는 거냐고 물으셨다. 찜을 해 드셔도 되고 구워서 술안주로 해도 된다고 말씀드렸더니 탕으로는 먹지 못하는 것이냐고 하셨다. 교통이 좋아지고 내륙이나 바닷가나 물산이 마음대로 유통된다고 해도 여기는 내륙이다 보니 해산물이 귀한 편인데 홍가리비는 평소에 잘 보이지 않던 물건이다. 그런데 그 홍가리비가 올해는 대풍이라던가, 어찌저찌 굴러서 이 오일장까지 왔고 평생 보지 못한 물건인 듯 한참을 망설이시던 할아버지는 내가 사는 것을 보더니 수줍게 한 망을 사 가셨다. 나는 구워 먹을 생각이었지만 할아버지는 끓여 드시고 싶었던 모양이다. 옆에서 기다리던 할머니와 나란히 가시던 그 할아버지의 손에 들린 홍가리비가 오늘 저녁 풍성한 소주 안주라도 되었으면 좋겠다.

명절은 흥청거려서 좋을 때다. 편한 것만 찾다 보니 명절도 귀찮다고 하지만 고향에서 기다리는 어르신들은 각자의 자식들을 생각하며 장을 보신다. 모두에게 다정하고 흥겨운 설이 되기를.

김장하는 할머니

첫눈이 내린다는 소설이 되자 할머니들은 마치 기다렸다는 듯이 배추를 뽑기 시작한다. 물서리에는 배추가 상하지 않지만 된서리가 내리면 배추도 얼기 시작하는데 날씨가 추워지는 소설이 되면서 된서리에 대비하는 것이다. 밭에도 배추가 가득하지만 골목길을 걷다 보면 집집마다 배추를 절이느라 노란 배추가 마당 가득히 있는데 도대체 누가 저 많은 김치를 다 먹을 것인가. 할머니들은 겨우내 서너 포기만 해도 충분히 드실 것인데 마을에는 가끔 보이는 그 집의 자식들이 모두 먹을 것이다. 소금에 절인 배추가 산처럼 쌓여 있는 집 앞을 지날 때나 텃밭 가득 배추가 있는 곳을 지날때면 그 집 할머니는 아직 김장을 하실만큼 건강한 것 같아서 마음이 놓이기도 하지만 조금 착잡해지기도 한다.

젊은 사람들이 비교적 많은 동네이지만 그들은 할머니들처럼 김장을 많이 하지 않는다. 그저 자기들 먹을 만큼만, 하나둘 있는 자식들이 달라면 좀 줄 정도만 한다. 자식이 할머니들처럼 많지도 않지만 김장 자체를 많이 하려고 하지도 않는다. 사철 내내 배추가 있으니 조금씩 담아 먹는 것도 한 방법일 것이다.

오늘은 여기저기서 배추를 뽑느라 들판에 사람이 그득했다. 젊은 사람들이 와서 함께 뽑는 집도 있고 할머니 혼자 하는 집도 있다. 집집의 사정을 모르니 그러려니 하는데 산책을 하다가 혼자 일하는 할머니한테 갔더니 사람 본 참에 좀 쉬겠다며 흙밭에 그대로 앉으신다. 장골이 있는데도 도와주지 않는다는 할머니의 푸념에 그 장골이 집에 계시는 할아버지일까 아니면 아들일까 속으로 헤아려 본다. 필경 할아버지일 것이다. 아들이라면 할머니 혼자 배추를 뽑게 내버려 두지는 않을 것이니.

뽑던 배추를 들어 나한테 주려는 걸 간신히 사양했다. 배추 한 포기 한 포기 모두 나름의 계산이 있을 것인데 몇 포기 나눠 줘버리면 할머니의 계산은 어긋나기 때문이다. 아들, 딸과 손자까지 먹어야 할 배추가 이 들판에

우렁우렁 여물어 가고 있는 것을 자식들은 알까.

절기만으로는 아직 날씨를 가늠하기 어려운 나는 할머니들의 텃밭을 보면서 우리 밭도 갈무리한다. 할머니들이 무를 뽑으면 나도 뽑고 배추를 뽑으면 나도 뽑는다. 언제 된서리가 내릴 것인지 나는 도무지 알 수가 없지만 할머니들은 이미 훤하게 앞일을 내다보신다. 시골에 살면서 생긴 요령이라면 요령일까, 언제 씨앗을 뿌리고 거둬들여야 하는지 알기 어려울 때는 할머니들의 텃밭을 보면 된다. 절기가 때맞춰 돌아오듯이 할머니들의 농사 절기도 틀리지 않는다. 첫눈이 온다는 소설에는 눈이 아닌 비가 내렸지만 머지않아 날씨는 추워질 것이다.

어쩌다 김장도 하지 않고 마당을 말갛게 비워놓는 집이 있는데 그런 집은 틀림없이 자식들이 도리어 김장을 해서 갖다주는 집이다. 그런데 그런 집 앞을 지날 때면 마음이 허전해지는 것이, 무언가 해야 할 일 하나를 하지 않고 가만히 있는 집 같다. 마을에는 두 다리로 튼튼하게 걷는 할머니는 한 분도 안 계시고, 허리가 굽지 않은 할머니도 안 계시지만 지금까지 수십 년 동안 해 오던 일들을 여전히 하고 계시는 할머니를 보면 마음이 놓인다. 거기에다 자식까지 와서 북적거리는 집을 보면 아직 할머니가 짱짱하게 버티고 계시는 것 같아서 마음이 흐뭇해진다.

배추까지 모두 거둬들이고 나면 동네 들판은 정적에 휩싸인다. 당분간 들판도 쉬고 사람도 쉰다. 농사일에 휘었던 허리를 잠시 펼 수 있는 계절이다. 올해는 이 적막한 들판에 눈이라도 푹푹 왔으면 좋겠다.

다시 새해를 맞이하며

새해가 밝았다. 해는 더 길어졌고 마당에 내려앉는 햇살은 따사롭다. 아직 소한과 대한은 오지도 않았는데 새해라는 기분 탓인지 마치 봄이 온 것 같다. 서둘러 과수원의 가지치기를 하는 곳도 있지만 아직은 때가 이르다. 쉬어도 좋은 계절, 농부들이 노동에서 벗어나 편하게 쉬어도 좋은 계절이다.

나이를 만으로 표기한다는 발표가 있어서인지 새해를 맞이하는 마음도 가볍다. 생일이 늦은 사람은 해가 바뀌어도 오히려 나이가 한 살 줄어드니 삶에 부쩍 여유가 생겼다고 좋아한다. 나도 호적이 일 년 늦은 데다 만으로까지 하면 오십 후반으로 가던 나이가 중반으로 내려왔다.

바쁘던 마음이 아직 두어 해 더 게으름을 피워도 좋을 것 같은 느긋함으로 변했다. 늙는다는 것은 생물학적인 변화도 있지만 심리적인 변화도 컸던가 보다.

마을에는 곧 동제를 지내는데 이장을 비롯한 제주들은 이미 몸가짐에 들어갔다는 소식이다. 상갓집이나 병문안 등 궂은 일에는 가지 않는다고 한다. 마을 입구 곡란천 주변에 수백 년은 족히 되었을 이팝나무와 왕버들, 회화나무, 느티나무 등 30여 그루의 나무들로 이루어진 울창한 숲이 있다. 이 숲은 북쪽에서 불어오는 바람을 막기 위해 조성된 방풍림이다. 곡란골에 사람이 살기 시작한 시기는 약 3,000여 년 전으로 거슬러 올라가는데 오래전에는 방풍림 주변의 들판에 청동기 시대의 지석묘가 여기저기 있었다고 한다.

이 방풍림에는 할아버지라고 불리는 당수 나무가 있어서 정월 대보름날이 되면 쇠고깃국을 끓여서 동제를 지낸다. 그리고 남쪽으로 청도 가는 길을 따라가다 보면 할머니라고 불리는 작은 바위 하나가 길가에 있는데 여기에는 미역국을 끓여서 동제를 지낸다. 동제를 지내고 나면 이 나무와 바위에는 일 년 내내 새끼줄로 만든 금줄이 쳐져 있다. 자연을 숭배하는 토템 신앙이 아직 곡란골에는 살아 있는 것인데 나는 이런 것이 참 좋다. 토템 신앙에는 사람을 중심에 두거나 최우선에 두는 마음보다는 자연과 사람이 평등하게, 때로는 사람의 힘으로 극복하지 못하는 자연현상을 두려워하는 마음이 있기 때문이다.

시골에는 사람과 짐승과 식물이 함께 살아간다. 어느 것이 더 우월하고 우선이라는 인식은 크게 없다. 산과 들에는 짐승이 살고, 식물이 잘 자라야 삶이 무사함을 알게 되고, 죽어서는 여지없이 산으로 돌아간다. 사람이 자연을 지배하는 것 같지만 사실 지배라는 개념조차도 없이 어우러져 살아가는 것이 곡란골의 삶이다. 아직 개발의 손길이 채 미치지 못한 곡란골에 살아보면 내가 이 자연 속의 한 생명에 불과함을 어렵지 않게 알게 된다. 울타리를 치고 사는 생명은 사람밖에 없는데 울타리는 소유개념보다는 자연에 대한 방어개념이 더 크다. 위협적인 대상이 없다면 굳이 울타리를 치지 않아도 무방한데 사람이 생각하는 위협적인 대상이라면 들짐승과 도둑쯤이 아니겠는가.

겨울이 되면서 산짐승이 자주 내려온다. 밤이면 개들이 잠을 못 자고 짖어대는 것은 산짐승이 민가 가까이 내려오는 것을 경계해서이다. 먹이가 없으니 민가로 내려오는 것은 당연한 일이고, 조그만 움직임까지 모두 포착

해서 짖어대는 개들은 겨울밤에 깊은 잠을 잘 수가 없다.

며칠 전부터 새벽이면 개 한 마리가 자주 대문 앞에서 어른거렸다. 놀자는 것인지 경계하는 것인지, 우리 집에서 키우는 개는 그 개와 마주 보며 밤새 짖어대는데 그래도 가지 않는 것을 보면 사람 집에서 사는 우리 집 개가 부러웠던 것일까. 겨울이면 털이 수북하게 생겨나는 짐승들은 추위는 그럭저럭 견디는데 먹거리가 사라지면서 먹이를 찾는 일이 어려울 것이다. 대문 앞에 먹이를 놓아줄까 하다가 야생의 삶을 살아야 하는 개는 알아서 적응하는 게 옳다는 생각에 마음을 접었다.

들개뿐일까. 산에 있는 고라니나 멧돼지들도 살아가기에 어려운 계절이다. 창고를 짓고 비축할 줄 모르는 짐승들이니 겨울은 생존의 기로에 서야 하는 계절, 가끔 새벽에 고라니 울음소리가 들리면 귀를 기울이게 되는 이유이기도 하다. 이때쯤이면 멧돼지들도 부쩍 산을 파헤치기 시작하는데 열매가 사라지니 뿌리를 파먹기 위해서이다. 새끼를 거느린 들짐승들이 멀리서 쳐다보는 것을 보면 애틋하기도 하지만 그들에게는 그들의 삶이 있을 것이니 그냥 보기만 한다. 이 겨울에 모든 생명들이 무사하길 빌며 또 한 해를 시작한다.

거기에 사람이 있다

　작년 겨울부터 면소재지 근처 여기저기에 현수막이 나붙었고, 젊은 사람들이 술렁이기 시작했다. 시의 쓰레기 소각장이 이쪽에 있는데 그 시설을 증설하기로 했다는 것이다. 결사반대하는 면의 젊은이들이 모여 토론회를 열었고 안일하게 대처하던 시에서는 뒤늦게 설득 작업에 나섰지만 쉽지 않은 모양이다.

　귀촌한 지 얼마 되지 않아 바라 보고만 있는 입장이지만 쓰레기 소각장을 볼 때마다 생각이 많아진다. 시에서는 경치가 좋고 개발이 되지 않은 유일한 이 면 지역에 소각장을 설치한 것은 일단 인구가 적어 반대하는 시위가 벌어진다 해도 그리 큰 목소리를 내지 못할 것이라고 판단했을 것이다. 인구가 적다 보니 이쪽의 이익을 대변해 줄 시 의원 한 명 제대로 없는 형편에 정치인 누구 한 명 이 지역 편을 들어 주는 사람도 없으니 소각장 설치는 다른 지역보다 쉬웠을 것이다. 그러다가 이제는 증설 작업까지 하겠다니 좋은 환경을 찾아 귀농 귀촌해서 정착하고 살던 젊은이들이 가만 있을 리 없는 것이다.

그나마 개발이 더딘 이곳은 산 하나를 사이에 두고 시의 쓰레기를 처리하는 소각장과 매립장이 있는 것이 문제라면 문제였다. 그러나 그것 역시 어느 지역엔가는 반드시 설치되어야 하는 시설이라는 면에서 무조건 반대만 해서 되는 일은 아니라고 나 스스로를 설득했다. 그저 환경 오염 없이 관리를 철저하게 해주기를 바랄 수밖에 없는 일이었다.

그렇게 들어온 쓰레기 처리 시설들은 이제 당연한 수순처럼 증설 작업을 시도하고 있다. 이쯤에서 나는 어느 지역엔가는 반드시 설치되어야 하는 그 시설이 왜 하필이면 인구가 가장 적은 지역에 있는 것이며, 그 설치에 대해 지역민들을 어떻게 설득하고 있는지, 환경 오염의 대안은 무엇인지 물어보고 싶다. 시에서 주장하는 것처럼 환경에 완전히 무해한 것이면 쓰레기를 많이 배출하는 시 주변에 설치해도 괜찮지 않은가. 자기들이 버린 쓰레기는 자기들이 처리한다는 원칙을 세우면 간단한 일이다. 왜 굳이 인구가 적고 경치가 수려한 곳에 그 시설을 두려 하는지 시의 설명을 아무리 들어도 설득력이 없을 뿐이다. 이곳은 인구가 적다 보니 버리는 쓰레기의 양도 시에서 제일 적을 것인데 그런 지역에서 시의 쓰레기 처리 시설을 모두 감당해야 한다는 것은 얼마나 불합리한 일인가.

2021년 연합뉴스를 보면 거주지 근처에 쓰레기 소각장을 설치하는데 찬성하는 비율이 서울시 인구의 70%에 이른다고 발표했다. 서울시가 ㈜한국리서치에 맡겨 실시한 '신규 광역자원회수시설 건립 설문조사'에서 쓰레기 소각장 설치에 대한 찬반 의견을 물었더니 이런 여론이 나왔던 것이다. 그럼에도 불구하고 선거를 해야 하는 정치인들이 시민들의 반대를 우려해 설치 자체를 고려하지 않는 경우가 많다는 것이다.

이런 시설의 설치나 증설 작업은 개발이 안 된 곳의 개발을 더디게 할 뿐만 아니라 지역민들의 갈등을 부추길 소지가 있어 더 문제다. 어떤 문제든 쟁점이 부각되면 찬성하는 사람과 반대하는 사람의 갈등을 불러 일으키고, 결국은 한 지역을 대립 구도로 몰아간다. 그래서 마을 사람들끼리 갈등이 생기다 보니 이제는 아예 그 문제를 거론하기조차 꺼리거나, 생각이 다른 사람들과는 어울리지도 않는 것이다.

시에서 말하는 것처럼 정말 환경에 무해한가? 그렇다면 가장 많은 쓰레기를 배출하는 시 지역에 그런 시설을 설치하면 문제는 간단해진다. 왜 우리는 너무나 당연하다는 듯이 그런 혐오 시설들을 시 외곽 지역에 설치하고 있었는지 의문을 가져야 한다. 가장 적은 쓰레기를 배출하는 지역의 사람들이 그런 시설을 가지고 있어야 할 이유는 없다. 그래서 나는 지역 사람들의 소각장 증설 반대 운동에 동의한다. 당연하다는 듯이 시 외곽에 쓰레기 소각장 증설을 시도하는 시의 정책이 도시에서 살다 온 내가 보기엔 의아할 뿐이다.

만약 도시에 그런 시설을 만든다면 어마어마한 예산이 투입되어야 할 것이다. 그 주변 지역민에 대한 보상만도 엄청날 것이며 정말 많은 사람들이 관심을 가지고 시설을 감시하는 바람에 공무원들은 늘 긴장하고 있어야 할 것이다. 반면에 시골은 도시에 비해서 모든 것이 상당히 느슨하다. 우선 산속에 시설을 짓는 탓에 시각적으로 잘 보이지도 않는다. 그러나 보이지 않는다고 그 시설이 없는 것은 아니다. 지역민을 호구로 보지 말라는 현수막이 괜히 있는 것이 아니다.

시골은 정적인 것 같지만 속으로는 상당히 역동적인 지역이다. 시골사람들도 도시인들과 같은 욕망을 가지고 하루하루를 부지런하게 살아낸다. 사람들이 보이지 않는다고 해서 그들이 없는 것이 아니라 들판에는 겨울에도 부지런히 일을 하고 있다. 단지 집들이 도시와 다르게 띄엄띄엄 떨어져 있을 뿐이고, 인구밀도가 낮으니 한가로워 보일 뿐이다.

험오 시설들을 시골이나 도시에서 소외된 변두리에 짓는 그 당연한 생각을 바꾸어야 한다. 거기에도 사람이 살고 있기 때문이다.